MA SŒUR EST UNE
VAMPIRE

3

RE-VAMPIRISÉES!

MA SŒUR EST UNE

VAMPIRE

3

RE-VAMPIRISÉES!

Sienna Mercer

Traduit de l'anglais par
Patricia Guekjian

Remerciement tout spécial à Josh Greenhut

Copyright © 2007 Working Partners Limited
Titre original anglais : My Sister the Vampire, Book Three : Re-Vamped!
Copyright © 2012 Éditions AdA Inc. pour la traduction française
Cette publication est publiée en accord avec HarperCollins Publishers
Tous droits réservés. Aucune partie de ce livre ne peut être reproduite sous quelque forme que ce soit sans la permission écrite de l'éditeur, sauf dans le cas d'une critique littéraire.

Éditeur : François Doucet
Traduction : Patricia Guekjian
Révision linguistique : Féminin pluriel
Correction d'épreuves : Carine Paradis, Katherine Lacombe
Montage de la couverture : Matthieu Fortin
Illustration de la couverture : © 2007 Paige Pooler
Conception de la couverture : Joel Tippie
Mise en pages : Sylvie Valois
ISBN papier 978-2-89667-659-0
ISBN PDF numérique 978-2-89683-612-3
ISBN ePub : 978-2-89683-613-0
Première impression : 2012
Dépôt légal : 2012
Bibliothèque et Archives nationales du Québec
Bibliothèque Nationale du Canada

Éditions AdA Inc.
1385, boul. Lionel-Boulet
Varennes, Québec, Canada, J3X 1P7
Téléphone : 450-929-0296
Télécopieur : 450-929-0220
www.ada-inc.com
info@ada-inc.com

Diffusion
Canada :   Éditions AdA Inc.
France :   D.G. Diffusion
             Z.I. des Bogues
             31750 Escalquens — France
             Téléphone : 05.61.00.09.99
Suisse :   Transat — 23.42.77.40
Belgique :   D.G. Diffusion — 05.61.00.09.99

Imprimé au Canada

SODEC

Participation de la SODEC.
Nous reconnaissons l'aide financière du gouvernement du Canada par l'entremise du Fonds du livre du Canada (FLC) pour nos activités d'édition.
Gouvernement du Québec — Programme de crédit d'impôt pour l'édition de livres — Gestion SODEC.

Catalogage avant publication de Bibliothèque et Archives nationales du Québec et Bibliothèque et Archives Canada

Mercer, Sienna
    [Re-vamped!. Français]
    Re-vampirisées !
    (Ma sœur est une vampire ; 3)
    Traduction de: Re-vamped!.
    Pour les jeunes de 8 ans et plus.
    ISBN 978-2-89667-659-0
    I. Guekjian, Patricia. II. Titre. III. Titre : Re-vamped!. Français. IV. Collection : Mercer, Sienna. Ma sœur est une vampire ; 3.
PS8626.E745R4 2012   jC813'.6   C2012-941245-7
PS9626.E745R4 2012

Pour ma sœur, Lisa

CHAPITRE 1

— As-tu fini ? demanda Olivia à sa mère.

Olivia avait enfin réussi à convaincre son père de faire une pause dans son marathon de tai-chi du mardi en secouant un pompon devant son visage, mais sa mère continuait de broder les rideaux du salon.

— Pas tout à fait, murmura sa mère.

— Mais qu'est-ce qui prend autant de temps ? insista Olivia.

— C'est une marguerite, marmonna sa mère en plissant les yeux avec concentration, de 20 pétales.

Olivia jeta un coup d'œil à sa montre rose et se rendit compte que moins de deux minutes s'étaient écoulées depuis la dernière fois qu'elle l'avait consultée. Elle se sentait prise dans un décalage temporel ;

le temps n'avait jamais avancé si lentement de toute sa vie, et pourtant, le lendemain approchait à un rythme terrifiant. Dans 14 heures et 7 minutes, le *Scribe de Franklin Grove* allait révéler une chose qu'Olivia avait tenue secrète depuis des semaines : lors de sa première journée à l'école secondaire de Franklin Grove, elle avait découvert qu'elle avait une sœur jumelle, jusque-là inconnue. Ce n'était pas vraiment le genre de chose qu'Olivia voulait que ses parents adoptifs apprennent par l'entremise du journal de l'école.

Elle ne pouvait pas attendre une minute de plus avant de tout leur dire, même s'ils allaient trouver ça complètement délirant.

— Maman, dit-elle lentement, je dois te parler.

— Plus que trois pétales, dit sa mère.

Exaspérée, Olivia mit ses mains sur ses épaules et la secoua doucement.

— Concentre-toi, maman ! annonça-t-elle comme si elle entamait un cri de meneuse de claques. C'est ta fille Olivia qui te parle. Je dois vous dire quelque chose de très, très important, à toi et à papa, TOUT DE SUITE !

— Ma chérie! s'écria sa mère en bon-
dissant sur ses pieds. Je suis désolée! Tu as
besoin de nous parler de quelque chose?

Olivia leva les yeux au ciel. Les parents
étaient tellement lents parfois.

— Ne t'en fais pas, dit sa mère en lui
prenant la main. Tu peux tout nous dire, tu
sais.

— Vous devriez peut-être vous asseoir,
suggéra Olivia.

Ses parents s'échangèrent des regards
nerveux et s'assirent sur le bout du divan.
Olivia prit une grande inspiration et son
estomac se remplit de papillons. Elle expira
et les mots jaillirent de sa bouche :

— Lors de ma première journée
d'école, j'ai rencontré Ivy, et j'ai découvert
qu'elle était ma sœur.

La mère d'Olivia hocha la tête comme
si elle avait compris, et Olivia se sentit soulagée. Olivia avait parlé d'Ivy à plusieurs
reprises, mais elle n'avait jamais permis à
ses parents de la rencontrer, car elle avait
peur qu'ils remarquent immédiatement
leur ressemblance.

— Oui, ma chérie, et je suis très
contente que tu te sois fait de si bons amis

dans ta nouvelle école, dit sa mère avec un sourire d'encouragement.

— Moi aussi, ajouta son père, l'air totalement perdu.

« Ils n'ont pas compris, se dit Olivia. Ça va être encore plus difficile que je ne l'avais imaginé. »

— Je ne veux pas dire qu'Ivy et moi sommes *comme* des sœurs, éclaircit-elle. Nous *sommes* sœurs. Elle est née le même jour que moi, à Owl Creek, et nous avons toutes deux été confiées à l'adoption à l'âge d'un an ; nous sommes de vraies jumelles.

Olivia put presque voir une enseigne clignotante affichant le message « Calcul impossible » au-dessus de la tête de ses parents. Elle décida d'essayer d'une autre façon. Elle se fit une place entre sa mère et son père sur le divan, et étendit sa main gauche afin qu'ils puissent voir la bague en émeraude sombre sur son majeur.

— Vous savez que cette bague est la seule chose que j'ai reçue de mes parents biologiques, n'est-ce pas ? demanda Olivia en regardant sa mère et son père en alternance.

Tous deux hochèrent la tête.

— Eh bien, Ivy Vega en a une tout à fait identique.

Il y eut un long silence, puis son père commença :

— Mais comment se peut-il que cette fille, Ivy, ait…

— Oh mon Dieu! interrompit madame Abbott. Tu as une jumelle! s'exclama-t-elle comme si elle venait de le découvrir toute seule.

— Merci, fit Olivia en soupirant et en se laissant tomber sur le divan.

S'il était si difficile de faire comprendre à ses parents qu'elle avait une jumelle, elle ne pouvait imaginer à quel point il allait être difficile de leur expliquer son plus grand secret, à savoir le fait qu'Ivy soit une *véritable* vampire. Heureusement, Olivia n'aurait pas à accomplir cette difficile tâche, car elle devrait garder ce secret pour elle seule jusqu'à la fin de ses jours.

— Je vois dit l'aveugle, entonna son père en se flattant le menton avec sagesse.

Il disait toujours des trucs du genre pour se donner un air de maître du kung-fu, et ce, même s'il n'était, en réalité, qu'un simple comptable.

— L'agence d'adoption ne nous a jamais dit que tu avais une *sœur*, dit sa mère.

Elle avait dit le mot «sœur» comme si elle avait dit «un million de dollars».

— Ivy a été confiée à une autre agence d'adoption, expliqua Olivia.

— Mais pourquoi vos parents biologiques vous auraient-ils séparées? demanda sa mère. Est-ce qu'Ivy sait qui sont vos parents?

Olivia sourit. Sa mère posait toutes les questions auxquelles Ivy et elle cherchaient désespérément les réponses, sans succès, depuis plusieurs semaines.

— Elle ne le sait pas, répondit Olivia, et son père non plus. Il est son seul parent, ajouta-t-elle.

— Wow! dit sa mère après un moment. Je veux dire wa-ta-tow!

Olivia ricana.

— Comment vous êtes-vous retrouvées après toutes ces années?

— Je me suis retrouvée nez à nez avec elle dans le corridor en cherchant le bureau du directeur, répondit Olivia.

Elle se rendit compte que son père restait assis là, sans dire un mot.

— Papa, dis quelque chose. Tu n'es pas surpris?

Il secoua la tête.

— J'ai toujours su que ma petite fille avait une aura double.

Olivia n'avait aucune idée de ce que cela pouvait signifier, mais il avait l'air étrangement fier. Soudain, il jeta ses bras autour d'elle et lui fit un énorme câlin.

La mère d'Olivia applaudit avec excitation et se lança dans la mêlée des câlins.

— Il existe une autre personne aussi merveilleuse que notre fille! déclara-t-elle d'un ton heureux.

— Calmez-vous! dit Olivia en riant et en essayant de repousser ses parents.

— Eh bien, j'ai tellement hâte de la rencontrer! dit sa mère.

Elle se leva et ajusta sa blouse.

— Est-ce qu'elle pourrait venir dîner ici ce soir?

Olivia lança un coup d'œil sceptique à sa montre.

— Euh, c'est que le dîner est dans une heure.

Sa mère hocha la tête.

— Invite son père aussi. Je dois absolument rencontrer l'homme qui a élevé la sœur de ma fille! Penses-tu qu'ils aiment les zucchinis?

Olivia haussa les épaules.

— Je sais qu'Ivy est allergique à l'ail, mais je ne sais pas pour les zucchinis.

— Eh bien, demande! Va l'appeler! Ouste!

La mère d'Olivia lui fit signe d'aller en haut et se dirigea vers la cuisine.

— Viens, Steve. Tu pourras hacher les légumes avec ton couteau de samurai.

Ivy réussit enfin à localiser son cellulaire, enterré sous une pile de vêtements, à côté de son cercueil. Elle plongea sa main dans le fouillis et saisit son téléphone à la dixième sonnerie.

— Allô? répondit-elle, légèrement essoufflée.

— Je leur ai dit! déclara sa sœur.

Ivy déplaça quelques livres et s'assit.

— Et puis? Comment ont-ils pris ça?

Olivia et elle n'avaient révélé le fait qu'elles étaient jumelles à Toby Decker, un journaliste du *Scribe*, que vendredi dernier. Mais, lorsqu'il leur avait dit qu'il avait réussi à terminer son article à temps pour le numéro de mercredi, les filles avaient compris qu'elles devraient finalement le dire à leurs parents. Aujourd'hui, à l'école,

Olivia avait semblé presque aussi nerveuse qu'Ivy à l'idée de tout leur révéler.

— Ils sont si excités à propos de toi, Ivy, dit Olivia. C'était encore mieux que la fois où je leur ai dit que j'avais eu quatre A! Qu'est-ce que ton père a dit?

Ivy hésita.

— Rien.

— «Rien» dans le sens qu'il ne le croyait pas, «rien» comme s'il l'avait toujours su, questionna Olivia, ou «rien» comme littéralement rien?

— «Rien» comme dans je ne lui ai pas encore dit, avoua Ivy.

— I-vyyy! se plaignit Olivia.

— Hé, dit Ivy, toi aussi tu as attendu à la dernière minute, tu te souviens? J'étais justement sur le point de monter pour le lui dire lorsque tu m'as appelée.

C'était vrai, du moins, en théorie; cela faisait trois heures qu'elle était sur le point de monter.

— D'accord, d'accord, dit Olivia. Est-ce que tu aimes les zucchinis?

— J'imagine, répondit Ivy. Pourquoi?

— Parce que ma mère veut vous inviter, toi et ton père, à venir dîner chez nous ce soir.

— Je ne suis pas sûre que ce soit une idée géniale, dit Ivy sur un ton sceptique. Mon père mange rarement de la nourriture d'humains… et je crains que le fait de rencontrer tes parents si rapidement lui fasse peur.

— Je ferai promettre à mon père de ne pas agir bizarrement, offrit Olivia.

« C'est mon père qui m'inquiète », songea Ivy.

— Penses-tu que ça irait si je venais seule ? demanda-t-elle. J'aimerais vraiment avoir une excuse pour partir de la maison après lui avoir annoncé la nouvelle.

— Bien sûr.

Olivia s'arrêta.

— Tu n'as pas l'air très optimiste, lui fit-elle remarquer, même pour une Gothique.

Ivy saisit un oreiller et y reposa sa tête.

— Mon adoption est le sujet que mon père déteste le plus, Olivia, dit-elle. Chaque fois que je commence à en parler, il change de sujet. Et il est vraiment très vieux jeu quand il s'agit de se mêler à des humains.

— Tu penses qu'il ne m'aimera pas ? demanda Olivia.

— Non, il t'aimera. Je sais qu'il t'aimera, répliqua Ivy, bien qu'elle n'était pas certaine si c'était Olivia qu'elle essayait de convaincre ou elle-même. Mon père a vraiment bon cœur ; il fera une exception pour ma sœur de sang. Ça pourrait juste lui prendre un peu de temps pour s'habituer à toi.

— Eh bien, il ferait mieux, déclara Olivia, parce que nous sommes liées pour toujours.

— Comme la gomme balloune et la réglisse noire, dit Ivy en souriant.

Peu importe ce que son père allait dire, elle se sentait choyée d'avoir trouvé Olivia. Elle prit une grande inspiration et se releva.

— OK, je vais le lui dire tout de suite.

Quelques instants plus tard, Ivy était debout dans l'embrasure de la porte du bureau de son père, jetant des coups d'œil nerveux à l'intérieur. Au centre de la salle bordée de bibliothèques, son père était penché au-dessus d'une grande maquette de carton gris posée sur une table haute. De là où elle se trouvait, Ivy pouvait voir des photocopies de tableaux de la taille de timbres-poste sur les murs intérieurs de la maquette, ainsi que des lampadaires travaillés de la taille de pièces d'un jeu d'échec. Elle savait que son père travaillait sur la décoration de la crypte d'une famille fortunée de New York. D'ailleurs, la revue *vamp* pensait déjà à faire un article sur celle-ci.

Ivy regarda silencieusement son père tandis qu'il ajustait un minuscule autel gris dans l'une des pièces. Il déposa un petit morceau de tissu violet en guise de tapis, puis changea d'idée et en essaya un autre, bourgogne cette fois.

Ivy adorait regarder son père travailler. C'était comme de le voir jouer avec une maison de poupées gothique en perpétuel changement. Elle pouvait imaginer un vampire de la haute société, vêtu de noir, affalé sur cet autel.

— Bonjour, Ivy, dit soudainement son père sans même lever les yeux.

— Salut, répondit Ivy d'une toute petite voix.

Elle ne pensait pas qu'il s'était rendu compte de sa présence.

— Est-ce que quelque chose te préoccupe? demanda-t-il en prenant un miniature cercueil noir entre son pouce et son index.

— Non, dit Ivy en avalant. Je voulais juste te dire bonjour. Tu sais à quel point j'aime te regarder travailler. Ce tapis bourgogne est vraiment génial.

Son père leva les yeux et lui lança un regard suspicieux.

— D'accord, je ferais mieux d'aller faire mes devoirs et d'autres choses du genre, dit Ivy, le cœur battant la chamade. Je voulais juste te dire que j'ai une jumelle qui s'appelle Olivia et qui est dans mon cours de sciences. Au revoir.

Elle fila à toute vitesse.

— Ivy ? appela son père.

Elle s'arrêta brusquement et recula de trois pas, lentement, afin de se retrouver de nouveau face à son père. Il était debout, le cercueil miniature levé dans les airs, comme un petit point d'exclamation à côté du « O » formé par sa bouche entrouverte.

— Que viens-tu de dire ? demanda-t-il.

— J'ai une jumelle, chuchota Ivy.

— C'est impossible, dit son père en secouant la tête.

— Mais oui, c'est possible, dit Ivy en tentant de sourire. Elle s'appelle Olivia. Elle a emménagé ici au début de l'année scolaire.

— Et comment sais-tu, demanda son père, que cette fille est ta jumelle ?

— Parce que nous nous ressemblons comme deux gouttes d'eau, répondit Ivy.

— Plusieurs personnes se ressemblent, riposta son père.

Ivy zieuta la bague en émeraude qui pendait à la chaîne autour de son cou.

— Peut-être, mais il n'y a pas plusieurs personnes qui me ressemblent et qui ont aussi une bague comme la mienne, souligna-t-elle.

Son père inspira brusquement par le nez.

— C'est... toute une surprise, dit-il lentement.

Ivy grimaça.

— Ce n'est pas tout, dit-elle.

Il pâlit d'une teinte, ce qui n'était pas chose facile pour un vampire.

Ivy s'arma de courage.

— Elle est humaine.

Son père en eut le souffle coupé, et le cercueil miniature lui glissa des mains. Il tenta frénétiquement de le rattraper, mais ce dernier rebondit sur le bout de ses doigts. Ce faisant, le dos de sa main frappa accidentellement la maquette, et les murs de l'une des ailes s'écroulèrent, écrasant une paire de fauteuils en forme de gargouilles au passage.

Il fixa la maquette, incrédule.

— Je suis désolée, lui dit Ivy d'une toute petite voix.

— Ce n'est pas de ta faute, répondit son père d'un ton distrait en allant s'asseoir à son bureau.

Il prit sa tête entre ses mains. Après un moment, il leva les yeux.

— Est-ce qu'elle connaît ta véritable nature?

De toutes les questions qu'Ivy avait anticipées, celle-ci était sans aucun doute celle qu'elle avait le plus appréhendée. Elle hocha la tête et son père ferma les yeux, l'air déçu.

« Je vais être punie jusqu'à la fin de mes jours », songea Ivy.

— Elle l'aurait découvert tôt ou tard, déclara Ivy, et elle ne le dira à personne. Elle sait combien c'est sér…

Son père leva la main pour faire arrêter le flot de mots qui sortait de sa bouche.

— Je comprends, dit-il simplement.

Il la regarda d'un air sévère, mais Ivy ne trouvait pas qu'il avait l'air fâché. Il prit une grande respiration.

— Alors, comment te sens-tu envers cette sœur que tu as trouvée?

— Je l'aime, répondit Ivy. Je ne pourrais imaginer ma vie sans elle. Je sens que cette rencontre était prédestinée.

Ivy resta là, attendant une réponse de la part de son père, mais il continua à regarder dans le vide.

— Est-ce que je peux aller dîner chez Olivia ce soir? lui demanda-t-elle enfin.

— As-tu fini tes devoirs? demanda son père d'un ton neutre.

— Presque tous, répondit Ivy.

— Alors, tu peux y aller, lui dit-il en forçant un petit sourire.

Il se leva et lui fit un petit câlin avant de regarder sa maquette.

— Je crois que je vais avoir du pain sur la planche, dit-il, mais son esprit semblait être ailleurs.

Ivy descendit presque en gambadant jusqu'à sa chambre au sous-sol.

«Compte tenu du fait que je m'attendais à ce qu'il explose, songea-t-elle, je crois qu'il a plutôt bien pris la nouvelle!»

CHAPITRE 2

Olivia venait à peine de placer le dernier couvert sur la table lorsqu'elle entendit la sonnette de la porte d'entrée retentir.

— J'y vais ! cria sa mère.

Olivia sortit immédiatement de la cuisine et tourna le coin juste à temps pour voir sa mère ouvrir la porte en chantonnant.

— Bon…

La voix de sa mère s'interrompit un instant.

— …jour, finit-elle, bouche bée.

Olivia déplaça son regard et vit Ivy sur le seuil de la porte. Il était évident que sa sœur s'était mise sur son trente-et-un pour l'occasion ; elle portait un chaud manteau noir par-dessus un col roulé, une minijupe noire, des bas résille et ses longues bottes noires. Elle avait même mis son rouge à lèvres violet foncé. Olivia trouvait qu'elle était superbe.

— Salut, Olivia! dit Ivy en souriant et en bougeant ses sourcils d'un air inquiet en direction de sa mère, qui était demeurée muette et qui la fixait toujours.

— Maman, dit Olivia en lui donnant un coup de coude dans les côtes, je te présente Ivy.

— C'est tellement… *intéressant* de te rencontrer, Ivy, dit sa mère.

Elle regarda par-dessus son épaule en direction de la rue.

— Est-ce que ton père t'a déposée?

— Il devait travailler ce soir, répondit Ivy. Il est vraiment désolé de ne pas pouvoir rester.

— Eh bien, j'espère que nous le rencontrerons bientôt, dit la mère d'Olivia tandis que cette dernière se frayait un chemin vers sa sœur pour lui faire un câlin.

Après avoir débarrassé Ivy de son manteau, Olivia la dirigea vers le salon, et son père dut s'y prendre à deux fois pour être sûr d'avoir bien vu. Olivia surprit sa mère en train de fixer de nouveau les vêtements de sa sœur pendant que cette dernière prenait place sur le divan.

— Je peux t'offrir quelque chose de noir, Ivy? demanda la mère d'Olivia.

— Tu veux dire «à boire», maman, dit Olivia, totalement embarrassée.

Sa mère était normalement la meilleure hôtesse du monde, mais, apparemment, son mécanisme d'accueil devenait non-fonctionnel lorsqu'elle se retrouvait confrontée à une invitée portant du vernis à ongles noir.

Olivia se mit entre Ivy et sa mère et articula silencieusement le mot «Désolée» à l'intention de sa sœur. Ivy répliqua par un petit sourire qui voulait dire «Ne t'en fais pas».

— Veux-tu quelque chose? demanda Olivia à voix haute.

— Est-ce que tu as du jus de canneberge? demanda Ivy.

Olivia hocha la tête et se dirigea vers la cuisine.

— Je vais t'aider à trouver un verre, ma chérie, fit sa mère en se dépêchant de la suivre.

Olivia grogna intérieurement lorsqu'elle entendit son père dire :

— Alors, Ivy, savais-tu que tu as une aura double ?

Olivia sortit la bouteille de jus de canneberge du réfrigérateur tandis que sa mère sortait un verre de l'armoire.

— Est-ce qu'elle se remet d'une maladie ? chuchota sa mère.

— Non, dit Olivia.

— Je le savais ! s'écria sa mère en mettant sa main devant sa bouche. Pauvre fille. Quelqu'un est mort, c'est ça ?

« Il faudrait vraiment que mes parents sortent plus souvent », se dit Olivia.

— Non, maman, personne n'est mort. Et Ivy ne s'entraîne pas à devenir mime non plus. Elle est une Gothique.

— Il me semble que Serena Star a fait une émission sur ces gens, non ? demanda madame Abbott.

— Ce n'est qu'un style vestimentaire, expliqua Olivia.

Sa mère hocha la tête lentement en essayant de tout assimiler.

— Est-ce que les Gothiques mangent des zucchinis ?

— Oui, maman, répliqua Olivia.

Puis, elle sortit de la cuisine, la boisson d'Ivy dans les mains.

Quelques minutes plus tard, tout le monde était passé à table, et monsieur Abbott fixait attentivement les deux filles.

— Je ne l'aurais pas remarqué au départ, mais vous deux, vous êtes vraiment identiques ! dit-il, tout étonné. Comme le yin et le yang.

— Comme Superman et Clark Kent, renchérit Ivy.

La mère d'Olivia déposa la dernière cocotte et retira ses gants de cuisine. En s'asseyant, elle regarda Ivy, puis Olivia, et leur adressa un sourire chaleureux.

— Comme… le beurre d'arachides et la confiture ? tenta-t-elle.

Tout le monde rit. Tout d'un coup, l'ambiance devint plus chaleureuse et les parents d'Olivia commencèrent à bombarder Ivy de questions. Faisait-elle des activités parascolaires ? (Journal de l'école.) Quel métier pratiquait son père ? (Designer d'intérieur.) Quelle était sa couleur préférée ? (Noir. Quelle surprise !)

Puis, la mère d'Olivia demanda, sur le ton bizarre dont toutes les mères ont le secret :

— Alors, Ivy, est-ce que tu as un *petit ami* ?

Ivy se tortilla sur son siège, mal à l'aise, tandis qu'Olivia répondait pour elle d'un ton excité :

— Oui! Brendan Daniels! Il est génial!

«Wow! pensa-t-elle alors qu'Ivy lui lançait un regard agacé, mais amusé tout à la fois, c'est plutôt agréable de ne pas être sur la sellette pour une fois!»

— Bon! Nous avons assez parlé de moi! dit Ivy en levant la main. J'ai des questions aussi.

— Tu peux nous demander n'importe quoi, lui répondit la mère d'Olivia.

— Parlez-moi de l'adoption d'Olivia, demanda Ivy avec excitation.

«Peut-être qu'Ivy pourra découvrir des choses que je n'ai pas été capable de découvrir!» se dit Olivia.

— Ce fut la plus belle journée de nos vies, dit fièrement le père d'Olivia.

— Est-ce que l'agence vous a donné des informations sur nos parents biologiques? demanda Ivy.

— Non, dit la mère d'Olivia en haussant les épaules. Ils ne savaient que ce qui était inscrit sur la note qui accompagnait le bébé, à savoir le nom d'Olivia et sa date de naissance.

Une expression bizarre traversa brièvement les yeux d'Ivy.

— Probablement tout comme la note dans ton dossier, supposa la mère d'Olivia.

Ivy secoua la tête.

— Je n'ai pas de note. Je n'ai même pas de dossier !

Le visage de madame Abbott rougit de sympathie et, avant même qu'Olivia ne s'en rende compte, sa mère s'était précipitée de l'autre côté de la table pour faire un câlin à Ivy. À la grande surprise d'Olivia, cette dernière ne se raidit pas. En fait, elle semblait même réconfortée ; il faut dire que la mère d'Olivia était passée maître dans l'art du câlin.

— C'est comme si j'avais une toute nouvelle fille, déclara fièrement la mère d'Olivia en débarrassant la table un peu plus tard.

Elle fit un énorme sourire à Ivy.

— J'ai tellement hâte d'en savoir plus sur l'autre moitié d'Olivia.

Olivia scruta le visage d'Ivy pour voir sa réaction ; elle s'attendait à ce que sa sœur ait l'air d'un chevreuil surpris par les phares d'une voiture. Olivia aimait ses parents, mais, parfois, ils pouvaient être vraiment étouffants.

Cependant, Ivy avait l'air véritablement touchée.

— Ce serait génial, dit-elle en souriant.

Avant même qu'Olivia ne s'en rende compte, son père s'était éclipsé et était revenu avec une pile d'albums de photos dans les bras.

— Non, je t'en prie, pleurnicha Olivia. Ivy ne veut pas voir de photos, n'est-ce pas, Ivy?

— Attends de voir Olivia habillée en kangourou vert pour sa pièce de théâtre en maternelle. Elle était *si mignonne*! s'écria sa mère.

— À vrai dire, dit Ivy en adressant un sourire taquin à Olivia tandis qu'elle suivait monsieur Abbott dans le salon, j'aimerais *bien* voir ça.

Après trois albums et des centaines de photos gênantes, Olivia était au bout du rouleau. À son grand soulagement, le klaxon d'une voiture se fit entendre.

Olivia bondit sur ses pieds et regarda par la fenêtre du salon.

— Le père d'Ivy est arrivé, dit-elle. C'est l'heure d'y aller!

— Zut! la taquina Ivy, blottie entre les parents d'Olivia sur le divan. Nous venions à peine de commencer!

— Voici Olivia avec des spaghettis dans les cheveux, dit sa mère.

— Désolée, dit fermement Olivia en tirant Ivy par le bras. Le spectacle est terminé.

Ivy sourit.

— Merci beaucoup pour le dîner, monsieur et madame Abbott, dit-elle.

— Appelle-moi Steve, dit le père d'Olivia.

— Et moi Audrey, dit la mère d'Olivia. Pourquoi ne pas inviter ton père à entrer prendre un café, Ivy?

— Je ne peux pas ce soir, s'excusa Ivy. J'ai encore des devoirs à terminer.

— Dommage, dit la mère d'Olivia. Dis-lui que nous avons très hâte de le rencontrer.

Olivia accompagna Ivy jusqu'à la porte.

— Ça s'est bien passé, dit Ivy à voix basse tandis qu'elle enfilait son manteau.

— Tu trouves? répliqua Olivia. D'accord, alors la prochaine fois nous regarderons des photos de *toi* en train de baver et de porter des vêtements ridicules!

Ivy rit.

— On se voit demain matin à l'école, dit-elle en faisant un câlin à Olivia. Et je gage que personne ne lira l'article sur nous dans le journal.

— Probablement pas, dit Olivia en haussant les épaules. Mais je suis quand même contente que nous l'ayons dit à nos parents.

— Moi aussi, consentit Ivy.

Lorsqu'Olivia eut refermé la porte, sa mère apparut derrière elle et jeta un coup d'œil par l'un des carreaux.

— Ça doit être difficile, dit Audrey d'un air songeur tandis qu'Ivy embarquait dans la voiture de son père, d'avoir un seul parent.

Olivia n'y avait jamais vraiment pensé. Elle fit un câlin à sa mère.

— Je suis contente qu'Ivy ait enfin pu vous rencontrer, chuchota-t-elle.

Olivia vit, par-dessus l'épaule de sa mère, son père sortir du salon.

— C'est une gentille fille, cette Ivy, dit-il d'un ton sombre, mais qui est mort ?

Olivia leva les yeux au ciel et recommença son explication.

CHAPITRE 3

Ivy était debout sur les marches avant de l'école secondaire Franklin Grove lorsqu'elle ouvrit sa montre en forme d'araignée, puis la tapota légèrement du bout d'un ongle noir. S'il était vraiment 8 h 10 un mercredi matin, où étaient tous les étudiants ? Les marches auraient dû être bondées.

« Et si ma montre faisait défaut et que j'étais en retard ? » se dit-elle.

Alors qu'Ivy se précipitait vers les énormes portes en chêne, elle put entendre tout un brouhaha en provenance de l'intérieur. Elle quitta le froid soleil de décembre et se retrouva engloutie dans une foule de gens qui bavardaient.

En regardant autour d'elle, Ivy se rendit compte qu'elle se trouvait au bout d'une énorme file désorganisée qui menait aux tables où le journal de l'école était distribué.

Un étudiant boutonneux de sixième année qui s'en allait dans la direction opposée fonça directement sur elle, les yeux toujours rivés sur la première page du journal qu'il tenait.

— Désolé, murmura-t-il.

Puis, il leva les yeux et resta bouche bée.

— C'est toi ! cria-t-il. Ou est-ce que c'est elle ? ajouta-t-il suspicieusement.

Ivy baissa les yeux et vit que l'on pouvait lire, sur la page couverture du *Scribe*, DES JUMELLES PERDUES DE VUE DEPUIS DES ANNÉES SE RETROUVENT. D'énormes photos de son visage et de celui de sa sœur se côtoyaient également sous le gros titre.

« Tant pis pour le mince espoir que personne n'allait lire l'article », se dit-elle en grimaçant.

Elle baissa la tête pour laisser un rideau de cheveux bruns cacher son visage et commença à se frayer un chemin à travers la foule. Être le centre d'attraction était dangereux pour le bien-être d'Ivy ; c'était comme de s'étendre au soleil, en bikini, sans avoir mis d'écran solaire.

Heureusement, Ivy réussit à se faufiler sans que qui que ce soit d'autre ne la reconnaisse. En émergeant à l'autre extrémité de la foule, elle remarqua un autre groupe de gens qui s'entassaient pour entrer dans une salle de cours. Elle s'approcha furtivement et, en se tenant sur le bout de ses bottes à embouts d'acier, elle regarda au-dessus de la foule.

Olivia était acculée contre le tableau blanc ; elle portait encore son manteau. Elle était entourée de Toby Decker, le garçon qui avait rédigé l'article pour le journal de l'école, et de son amie Camilla Edmunson, qui portait un coton ouaté sur lequel on pouvait lire *Le passé fut le futur*. Camilla était sérieusement accro à la science-fiction.

Les cris et les questions fusaient de toutes parts.

— Pouvez-vous lire dans les pensées l'une de l'autre ?

— Avez-vous été séparées par voie chirurgicale à la naissance ?

— Avez-vous déjà rencontré les jumelles Olsen ?

Olivia essayait de répondre, mais elle se faisait interrompre sans arrêt.

— As-tu toujours su que tu avais une jumelle? cria une fille portant un béret rouge.

«En quelque sorte», songea Ivy.

Par le passé, elle avait toujours senti qu'il lui manquait quelque chose, mais elle n'avait jamais su ce que c'était, jusqu'à ce qu'elle trouve Olivia.

Au beau milieu de la classe, Garrick Stephens, probablement le vampire le plus moche de toute l'école, qui arborait une chevelure grasse, se mit debout sur un bureau.

— Y en a-t-il qui ont des questions en lien avec la fois où je suis sorti d'un cercueil pendant des funérailles? lança-t-il.

Garrick et ses crétins d'amis — aussi connus sous le nom de Bêtes — avaient récemment été la cause d'une chasse aux sorcières à la télévision nationale qui avait presque révélé l'existence des vampires. Maintenant que toute cette histoire était terminée, il était évidemment jaloux que quelqu'un d'autre attire l'attention.

Quelqu'un lança une gomme à effacer sur sa tête; il perdit l'équilibre et tomba du bureau. Ivy ne put s'empêcher de rire, et une fille placée devant elle se retourna et fut surprise.

— C'est Ivy ! La jumelle ! s'écria-t-elle.

Les mots « Ivy » et « jumelle » firent leur chemin dans la foule. Les gens se retournèrent pour regarder.

« Ah non », se dit Ivy.

— Lorsque l'une de vous se blesse, est-ce que l'autre le ressent ?

— Pourquoi vos yeux ne sont pas de la même couleur ?

— Avez-vous des taches de naissance identiques ?

Bientôt, tout le monde criait, parlait et s'attroupait autour d'Ivy et d'Olivia. Plutôt que d'essayer de répondre aux questions, Ivy se concentrait à garder son équilibre au milieu de la foule.

Soudain, on entendit un sifflement des plus stridents, et la foule devint immédiatement silencieuse. À l'avant de la salle, Camilla se tenait debout, une main autoritaire levée dans les airs, l'autre devant les lèvres. Elle avait l'air d'une agente de la circulation.

— Tout le monde s'arrête ! ordonna-t-elle.

Puis, Camilla sauta du bureau et fit son chemin à travers la foule. Elle saisit la main d'Ivy et la conduisit aux côtés d'Olivia.

Les deux sœurs s'échangèrent des regards nerveux.

— Tu m'avais dit que personne n'allait lire l'article ! chuchota Ivy.

— Oups ! dit Olivia en haussant les épaules.

La salle fut illuminée par les éclairs des caméras de cellulaires tandis que les étudiants s'affairaient à photographier les sœurs.

— Ivy et Olivia ne peuvent répondre qu'à une question à la fois ! annonça Camilla. Si vous avez une question, levez la main.

Des douzaines de mains se levèrent.

Camilla allait en choisir une lorsqu'une voix aiguë et familière se fit entendre :

— Ôtez-vous de mon chemin !

La foule s'écarta et Charlotte Brown — voisine et ennemie jurée d'Ivy, et capitaine de l'équipe de meneuses de claques — se fraya un chemin jusqu'à l'avant. Elle promena son regard entre Ivy et Olivia en plissant les yeux. Elle hocha la tête alors que ses acolytes, Katie et Allison, faisaient leur apparition derrière elle.

— Ça explique bien des choses, dit Charlotte à ses amies comme si Ivy et Olivia ne pouvaient l'entendre.

Puis, Charlotte afficha une expression de sympathie peu sincère.

— Ne t'en fais pas, Olivia, dit-elle d'une voix forte, l'équipe de meneuses de claques te soutiendra, peu importe ce qui t'arrive.

Tout d'un coup, la gêne d'Ivy se transforma en agacement. Elle regarda Charlotte Brown et lui adressa son fameux regard de la mort. Elle s'apprêtait à lui lancer une riposte mordante lorsque la cloche sonna.

Charlotte se retourna brusquement et se dirigea vers la porte, suivie de ses sous-fifres. Le reste de la foule commença aussi à quitter la salle.

Toby Decker, évidemment ravi de toute l'attention dont son article bénéficiait, donna de petites tapes d'encouragement dans le dos d'Olivia et d'Ivy en passant entre elles.

— Nous n'aurions peut-être pas dû le dire, dit Ivy à voix basse à l'intention d'Olivia.

Olivia hocha la tête, puis sourit.

— Mais tant qu'à l'avoir dit, nous aurions peut-être dû porter des vêtements identiques !

En se frayant un chemin à travers la cafétéria sur l'heure du midi, Olivia se fit inviter
à partager la table de plusieurs personnes
qu'elle ne connaissait pas. Heureusement,
elle aperçut la main pâle d'Ivy qui lui faisait signe près de la fenêtre, là où elle se
cachait derrière Brendan. Olivia se précipita vers eux.

— C'est fou ! lança Olivia en déposant
son cabaret face à sa sœur.

— Brendan a entendu dire que quelqu'un vend des photos de nous sur eBay,
dit Ivy d'un ton sarcastique.

— Les enchères sont déjà rendues à
10 $, annonça Brendan.

La meilleure amie d'Ivy, Sophia, déposa
son cabaret à côté de cette dernière, son
appareil photo pendant autour de son cou.

— Dix dollars pour quoi ? demanda-
t-elle.

— Quelqu'un vend des photos d'Ivy et
de moi sur eBay, lui répondit Olivia.

Sophia eut l'air gênée.

Ivy la fixa, incrédule.

— Je t'en prie, dis-moi que tu n'as pas
mis des photos de nous sur eBay, Sophia ?

— Je suis désolée, s'excusa Sophia, l'air
coupable.

— Wow ! taquina Olivia. Vendue par ta meilleure amie !

— J'allais partager l'argent avec toi ! dit désespérément Sophia.

— Oh, dit Ivy en laissant son visage se détendre en un sourire. Ça va alors !

Ils éclatèrent tous de rire, mais, quelques instants plus tard, Olivia se rendit compte qu'elle était la seule qui ricanait toujours. Les yeux de sa sœur fixaient quelque chose par-dessus son épaule.

— Salut, Vera, dit Ivy avec appréhension.

Olivia se retourna et vit une fille gothique avec une mèche blanche debout derrière elle. Elle avait déjà vu Vera aux réunions du comité du bal de la Toussaint lors desquelles elle avait pris la place d'Ivy.

— Si je me souviens bien, dit Vera en lançant un regard méchant à l'intention d'Olivia, l'huile et l'eau ne se mélangent pas.

Puis, elle leva le nez en l'air et partit d'un pas lourd.

— C'était quoi ça ? demanda Olivia quand Vera se fut assez éloignée.

Ivy baissa le ton.

— Certains vampires ont des opinions un peu… extrêmes lorsqu'il s'agit de se mêler aux lapins, euh aux humains, je veux dire.

— Mais pourquoi? questionna Olivia. Je pensais que *nous* étions supposés avoir peur de *vous*!

— Pas vraiment, répondit Sophia. Votre espèce a la fâcheuse habitude de sortir le pieu d'abord et de poser les questions ensuite.

Ivy leva les yeux au ciel.

— Comme si c'était arrivé au cours de notre siècle...

— De toute façon, dit Brendan de manière très diplomatique, c'est assez difficile d'avoir des relations avec les non-vampires lorsqu'on est liés par un code de confidentialité et qu'on suit un régime pour le moins bizarre.

— C'est vrai, consentit Ivy. C'est plus facile avec toi parce que tu le sais, ajouta-t-elle en parlant à Olivia.

— Est-ce que c'est pour ça que nos parents nous ont séparées? songea Olivia à voix haute.

Sa sœur et elle avaient essayé de comprendre comment une vampire et une humaine pouvaient être jumelles — et pourquoi leurs parents les avaient séparées — depuis le jour où elles s'étaient rencontrées.

— Ils avaient peut-être peur que le secret des vampires ne soit pas en sécurité si une vampire et une humaine étaient élevées ensemble ? suggéra Olivia.

Ivy grimaça.

— Eh bien, j'ai prouvé qu'ils avaient raison, soupira-t-elle.

Elle avait transgressé la première Loi de la nuit en révélant la vérité à propos des vampires à Olivia lorsqu'une énorme coupure qu'elle s'était faite au bras s'était magiquement guérie sous ses yeux.

— Tu sais que je ne le dirai jamais, la rassura Olivia.

— Oui, dit Ivy. Et heureusement que personne, mis à part les gens assis à cette table, ne sait que tu es au courant de notre secret, à l'exception de mon père, et il ne le dira jamais.

Une question vint soudainement à l'esprit d'Olivia.

— Mais tu ne penses pas que tes amis vont deviner que je suis au courant maintenant que tout le monde sait que nous sommes sœurs ?

Ivy arrêta de boire sa limonade rose d'un coup sec. Elle cligna des yeux, l'air incrédule.

— Comment se fait-il qu'aucun de nous n'ait pensé à ça ? dit-elle à Sophia et à Brendan.

Ils haussèrent les épaules anxieusement pour toute réponse.

Ivy se pencha et se frappa légèrement la tête contre la table.

— Nous sommes tellement morts, dit-elle. D'ici la fin de la journée, tous les vampires de Franklin Grove sauront que nous sommes sœurs et que la première Loi de la nuit a été transgressée.

— J'imagine qu'on pourrait toujours le nier, chuchota Olivia.

— Notre communauté ne lâchera pas le morceau aussi facilement que ça, dit Brendan.

Ivy hocha la tête en signe d'assentiment.

— Nous n'avons pas le choix. Nous devrons démontrer à tous que tu as le *droit* de savoir.

— Mais comment ? demanda Sophia.

— En prouvant que l'un de nos parents était un vampire, et donc, qu'Olivia est au moins *en partie* une vampire elle aussi.

Olivia eut la chair de poule. Ça lui faisait encore tout drôle de penser que du sang de vampire coulait dans ses veines.

«Je devrais peut-être essayer de manger plus de steak», se dit-elle, mais cette seule idée lui donnait mal au cœur.

— Le problème, dit Brendan, c'est que la plupart des gens ne pensent pas qu'il est possible pour un humain et un vampire de concevoir des enfants normaux.

— Eh bien, ils ont tort, répondit sèchement Ivy.

Elle se retourna vers Olivia.

— Si nous pouvons retrouver nos parents biologiques, dit-elle, et prouver sans l'ombre d'un doute que l'un d'eux était un vampire, alors personne ne pourra s'opposer au fait que tu connaisses notre secret.

— Je suis partante, dit immédiatement Olivia.

Elle aurait même été prête à abandonner ses pompons pour connaître la vérité sur leurs parents de toute façon.

— Mais que pouvons-nous faire ? Nous avons déjà essayé de passer par l'agence d'adoption, et ça n'a rien donné.

— Pourquoi pas le VVV, suggéra Sophia.

— Le quoi? demanda Olivia.

— Le Vorld Vide Veb, dit Sophia en prenant l'accent d'une mariée assoiffée de sang digne d'un vieux film de vampires.

Olivia resta bouche bée.

— Ne me dis pas que les vampires ont leur propre Internet!

— L'Internet a été *inventé* par un vampire, lui dit Brendan en souriant.

— Tu pourrais essayer de chercher des informations par rapport aux relations entre les humains et les vampires, suggéra Sophia.

— Et nous devrions aussi faire une recherche sur Owl Creek, ajouta Ivy. Olivia, peux-tu venir chez moi après l'école? Nous pourrons consulter le VVV ensemble.

— Bien sûr, consentit Olivia. Nous trouverons peut-être de l'information sur ce qui se passe quand un vampire... Aïe!

Elle s'interrompit lorsque quelqu'un lui asséna un solide coup de pied sous la table.

— Bonjour, Camilla, dit Sophia d'un ton joyeux en lançant un regard chargé de sous-entendus à Olivia.

Olivia se retourna, et Camilla s'assit sur le banc à côté d'elle en déposant son livre de poche usé près de son cabaret.

— Salut! dit Camilla à tout le monde. Comment vont les jumelles vedettes de Franklin Grove?

— Génial! déclara Olivia tandis qu'Ivy croassait un faible « Mortel ». Et toi? lui demanda-t-elle en lui adressant un sourire gêné tandis qu'elle frottait sa cheville endolorie sous la table.

« Ouf! c'était moins une! » songea-t-elle.

CHAPITRE 4

Dix minutes après le début de la dernière période, tandis que monsieur Strain expliquait la procédure à suivre pour effectuer l'expérience sur les cellules de joue, Ivy jeta un coup d'œil à la feuille de papier qu'Olivia et elle s'échangeaient depuis le début du cours. Ce petit manège avait commencé lorsqu'Ivy avait couché une possible théorie concernant leurs parents sur le papier. La dernière théorie d'Olivia, écrite à l'encre rose, se trouvait au centre de la feuille.

THÉORIE N° 14 : Mère mord le père, se sent coupable, se sauve avec les enfants, n'est pas capable d'être monoparentale ???

Ivy tapota son stylo contre sa lèvre d'un air pensif. En levant les yeux, elle aperçut Vera qui lui lançait des regards méchants.

Elle lui rendit la pareille et Vera chuchota le mot « Traîtresse » à son intention avec véhémence. Ivy leva les yeux au ciel et griffonna *Vera devrait manger de l'ail !*

Olivia sourit en lisant la note, jeta un coup d'œil vers Vera, puis écrivit *Ignore-la !*

Monsieur Strain s'approcha pour distribuer le matériel, et Ivy recouvrit la feuille de son livre afin qu'il ne la voie pas.

— J'ai lu l'article dans le *Scribe* d'aujourd'hui, dit-il en souriant alors qu'il leur tendait un abaisse-langue pour leur expérience. Puisque vous êtes jumelles, vos cellules devraient être pratiquement identiques.

« Alors, Olivia doit vraiment avoir du vampire en elle », se dit Ivy.

— Espérons, dit-elle à voix haute.

— J'ai oublié de te demander, chuchota Olivia une fois que le professeur se fut éloigné, que fais-tu ce samedi ? Ma mère voudrait que tu viennes déjeuner à la maison.

— D'accord, dit Ivy en remplissant leur feuille de laboratoire.

Olivia soupira.

— Elle veut aussi aller faire les magasins avec nous.

Ivy arrêta d'écrire.

— Je crois que c'est la première fois que je te vois avoir l'air déçue d'aller magasiner, lui fit-elle remarquer.

— Ma mère est en train de mettre le paquet, expliqua Olivia. Quand tu es partie, hier, elle s'est mise à chercher des livres de cuisine gothique et a trouvé quelques recettes intéressantes.

— Vraiment ? dit Ivy en souriant. Comme quoi ?

— Un soufflé au sang de mûres, dit Olivia.

On aurait dit que le simple fait d'y penser lui donnait envie de vomir.

— C'est vrai que ça a l'air délicieux, avoua Ivy.

— Dégueulasse, dit Olivia à voix basse.

— J'espère que vous découvrirez tous des renseignements génétiques surprenants aujourd'hui, dit monsieur Strain à la classe. Vous pouvez commencer.

Pendant qu'Olivia grattait l'intérieur de sa joue, Ivy faisait tourner sa bague en émeraude autour de sa chaîne. Leurs bagues étaient les seules choses que leurs parents biologiques leur avaient laissées. Alors qu'Olivia commençait à préparer leur lame porte-objet, Ivy retira sa chaîne et examina sa bague d'un air pensif. L'émeraude, d'un vert riche, était montée sur un anneau en platine orné de gravures en or jaune, lesquelles ressemblaient à des rivières vues de l'espace.

Tandis qu'Olivia pressait délicatement ensemble les deux lames de verre, sa bague scintilla.

«Nos bagues constituent peut-être un genre d'indice», se dit Ivy.

Elle approcha le microscope et glissa sa bague sous la lentille. Elle effectua la mise au point et observa attentivement les gravures en faisant tourner lentement sa bague. Peut-être qu'elle trouverait quelque chose d'écrit, là, entre les minuscules rivières.

Quelque chose capta soudainement son attention tandis qu'elle faisait tourner la bague, mais ce n'était pas sur l'anneau, c'était plutôt dans l'émeraude elle-même. En fait, c'était une minuscule forme floue qui avait l'air de flotter dans ce champ vert brillant.

— Qu'est-ce que c'est? chuchota Olivia. Laisse-moi voir!

— Je ne sais pas, dit doucement Ivy. Probablement juste un défaut dans la pierre.

Elle ajustait sans cesse la position de la bague et le réglage du microscope, mais elle n'arrivait pas à distinguer la masse clairement.

Sa sœur la poussa du bout du doigt en signe d'impatience. Ivy sortit la bague de sous la lentille du microscope et la leva dans les airs. Elle plissa les yeux pour essayer de voir ce que c'était à l'œil nu, mais elle n'y arriva pas.

Elle retourna la bague. Lorsqu'elle l'approcha de son nez, elle put vaguement distinguer quelque chose. Elle passa délicatement un doigt sur le dessous exposé de la pierre et sentit de minuscules marques.

«Il y a quelque chose de gravé sous l'émeraude!» comprit Ivy.

— Qu'est-ce que tu vois? lui demanda impatiemment Olivia.

Sans répondre, Ivy remit rapidement la bague sous la lentille du microscope, à l'envers cette fois-ci. Elle tourna le bouton pour effectuer la mise au point, et…

Un minuscule symbole était maintenant parfaitement visible; il s'agissait d'une forme d'œil, à l'intérieur de laquelle se trouvait un «V».

— Je sais que tu vois quelque chose! chuchota impérieusement Olivia.

Elle poussa Ivy hors de son chemin et éloigna sa queue de cheval en se penchant sur le microscope pour regarder dans l'oculaire.

— Un symbole! s'écria Olivia alors qu'Ivy recopiait soigneusement l'insigne dans son cahier.

— Est-ce que tout va bien, mesdemoi-selles? demanda monsieur Strain.

Olivia leva les yeux.

— Désolée, Monsieur Strain, dit-elle en souriant. C'est juste que ma... joue est tellement plus compliquée que je ne l'aurais cru!

Ivy retira sa bague de sous la lentille. Olivia y déposa la sienne et se pencha à nouveau pour l'examiner.

— Est-ce qu'il y a la même marque sur la tienne? chuchota Ivy.

Olivia hocha la tête fiévreusement.

— De quoi crois-tu qu'il s'agit?

— Peut-être une marque faite par le bijoutier? dit Ivy.

Olivia la regarda d'un air interrogateur.

— Peut-être que le bijoutier a mis ce minuscule symbole sur son œuvre comme

un peintre signe sa toile, continua doucement Ivy. Nous pourrions utiliser cette
marque pour retrouver la personne qui a
fabriqué les bagues ou taillé les pierres.

Olivia cligna des yeux, soudainement
consciente de l'ampleur de cette découverte.

— Et cette personne pourrait détenir
un registre avec les noms de nos parents!

— Je suis presque sûre que c'est un
bijoutier vampire, dit Ivy en regardant la
bague d'Olivia à son tour. Je le sais d'après
le symbole; les commerces de vampires
cachent souvent de minuscules marques
dans leurs enseignes et leurs logos pour
s'identifier comme tels. Ils n'utilisent pas
toujours un « V », mais c'est souvent le cas.

Monsieur Strain fit soudainement
irruption devant elles.

— Ça ne ressemble pas à une lame de
joue, dit-il d'un ton sévère.

— Nous plaisantions un peu, dit Olivia
en lançant un regard paniqué vers Ivy.

— C'est ça, renchérit Ivy.

— Nous ne faisions que, euh, jouer, dit
Olivia en riant nerveusement tandis qu'elle
remettait sa bague à son doigt.

55

Ivy n'eut pas l'occasion de reparler à Olivia jusqu'à ce qu'elles aient quitté l'école en fin de journée.

— Peut-être qu'on va découvrir que notre mère biologique est une bijoutière extraordinaire ! dit Ivy, les mains enfoncées dans ses poches pour les protéger du froid. Peut-être que c'est elle qui a fait nos bagues.

— Ce serait *cool*, convint Olivia.

À ce moment précis, le cellulaire d'Ivy sonna.

— Mon père, annonça-t-elle en regardant l'afficheur et en ouvrant le téléphone.

— Bonjour, Ivy, résonna la voix suave de son père. Est-ce que tu te joindras à moi pour le dîner ce soir ? Je cuisine un ragoût d'hémoglobines et de panais.

— Bonjour, papa, dit Ivy. Je suis contente que tu aies appelé. Olivia vient cet après-midi pour, euh…

Olivia fit semblant de lire un livre et de prendre des notes.

— Faire des recherches, termina Ivy. Elle meurt d'envie de te rencontrer.

Il y eut un long silence.

— Il n'y a pas de problème à ce qu'Olivia vienne, mais je dois aller à un rendez-vous avec un client, dit enfin son père.

— Tu ne peux pas le changer ? implora
Ivy.

— Non, répondit simplement son père.
Je regrette, termina-t-il en raccrochant.

Ivy soupira, son souffle chaud formant
un nuage givré dans l'air.

— La bonne nouvelle, dit-elle à sa
sœur, c'est que l'ordinateur sera libre.

Elle donna un coup de pied sur une
roche, l'envoyant balader dans une pile de
feuilles gelées.

— La mauvaise nouvelle, c'est que mon
père n'y sera pas.

Elle ne pouvait s'empêcher d'être déçue.

« Pourquoi est-ce que mon père n'est pas
plus impatient de rencontrer ma jumelle ? »
se demanda-t-elle.

— Ce n'est pas grave, lui dit Olivia.

Elle hissa son sac sur son épaule et
passa son bras à travers celui d'Ivy.

— Nos chemins se croiseront sûrement à un moment donné.

— Il a déjà 200 ans, dit Ivy en levant les
yeux au ciel. « Un moment donné » pourrait
équivaloir à deux autres décennies !

★ ★

Olivia était allée chez Ivy quelques fois auparavant, mais le château au sommet de la colline l'éblouissait toujours autant. De l'extérieur, la maison semblait sortir tout droit d'un film portant sur la guerre de Sécession ou encore d'un vieux film de vampires en noir et blanc.

L'intérieur était tout aussi élégant. Elle avait vu la chambre-crypte d'Ivy et son énorme garde-robe au sous-sol, et elle avait aidé à décorer la salle de bal gothique du troisième étage pour le bal de la Toussaint, alors elle ne s'attendait pas à ce que le bureau de monsieur Vega consiste simplement en une pile de vieux magazines de décoration reposant sur un classeur amoché. Cela dit, Olivia ne put s'empêcher d'être impressionnée lorsqu'Ivy ouvrit la porte du bureau situé au deuxième étage.

Des bibliothèques occupaient les quatre murs. Il y avait un énorme bureau en acajou où se trouvait un moniteur à écran plat et, de l'autre côté de la salle, un globe terrestre absolument immense était posé au centre d'un tapis qui ressemblait à un ciel étoilé. À côté, sur un large piédestal, se trouvait une maquette grise dont les murs étaient recouverts de minuscules reproductions de toiles.

Puis, Olivia regarda vers le plafond et se rendit compte que les bibliothèques en bois foncé qui bordaient les murs s'étendaient sur un autre étage, et qu'il y avait même une étroite passerelle, comme un balcon, qui permettait de s'y promener.

« C'est vraiment trop génial ici ! » se dit-elle.

Ivy traîna une deuxième chaise à haut dossier en laque noir derrière le bureau et fit signe à Olivia de s'asseoir à côté d'elle tandis qu'elle allumait l'ordinateur de son père.

Le fond d'écran consistait en une photo en noir et blanc du profil d'Ivy, qui avait une expression songeuse. Derrière elle, on pouvait distinguer la silhouette de branches d'arbres sur un coucher de soleil.

— J'aimerais bien que mon père change son fond d'écran, soupira Ivy.

— Mais c'est une si belle photo de toi ! s'exclama Olivia.

— Regarde mon nez, railla sa sœur. Il est énorme.

— Hé ! répondit Olivia d'un ton faussement offensé. Fais attention à ce que tu dis à propos de *notre* nez !

Ivy sourit.

— Es-tu prête pour le Vorld Vide Veb ? demanda-t-elle.

Olivia hocha la tête et Ivy cliqua sur une icône en forme de lune dans le coin de l'écran, puis ce dernier devint complètement noir, à l'exception de trois grandes lettres gothiques situées au centre de celui-ci.

VVV

— Est-ce que n'importe qui peut accéder à ça ? demanda Olivia.

Ivy secoua la tête.

— Tu dois avoir une puce spéciale dans ton ordinateur simplement pour arriver jusqu'ici.

Ivy commença à cliquer consciencieusement sur les lettres : la pointe supérieure gauche du premier « **V** », puis le bas du « **V** », puis l'endroit où la pointe supérieure droite du premier « **V** » rencontrait la pointe supérieure gauche du deuxième « **V** ».

— Qu'est-ce que tu fais ? demanda Olivia.

— Tu verras, dit Ivy.

Son septième clic, sur le coin supérieur droit du troisième « V », fit apparaître un message demandant un nom d'utilisateur et un mot de passe.

Une fois qu'Ivy les eut saisis, une question apparut à l'écran : *Comment prenez-vous votre café ?*

— Wow ! déclara Olivia, impressionnée par le niveau de sécurité du site. Ils en savent vraiment beaucoup sur toi.

Ivy fit un petit rire.

— C'est une devinette, expliqua-t-elle. Elle change à chaque fois. Tu veux essayer ?

Olivia lut la question de nouveau.

— Avec du sucre ? essaya-t-elle.

— Tu es définitivement un lapin, taquina Ivy.

Puis, elle saisit les lettres N-O-I-R.

L'écran clignota et un fureteur appelé CLAIR DE LUNE apparut. Les mots *Illuminez l'obscurité* étaient inscrits sous le champ de saisie.

— Y a-t-il une seule chose dont les vampires ne possèdent pas leur propre version secrète ? demanda Olivia avec stupéfaction.

— Un navire de croisière, répliqua Ivy en saisissant les mots *Marques de bijoutiers*. Les vampires n'aiment pas vraiment l'eau.

Il y avait 272 000 résultats. Le premier concernait le site Web de l'Association des bijoutiers vampires (ABV), lequel offrait l'un des registres les plus complets des marques de bijoutiers du monde souterrain. Ivy cliqua sur le lien et, quelques secondes plus tard, Olivia et elle analysaient les marques de milliers de bijoutiers vampires. Certaines ressemblaient à des moustaches de chat, d'autres à de miniatures cercueils, et plusieurs incorporaient un « V » d'une quelconque manière — mais aucune d'elles ne ressemblait au symbole sur leurs bagues.

Après le site de l'ABV, elles essayèrent le site de la Guilde des bijoux antiques. Finalement, il ne resta plus qu'une page de symboles à examiner. Ivy prit une profonde inspiration et cliqua sur le lien.

La page se remplit de marques.

« Aucune d'elles ne ressemble même vaguement à l'insigne qui se trouve sur nos émeraudes », songea Olivia, déçue.

Ivy poussa un soupir.

— Si ce n'est pas une marque de bijoutier, ça pourrait être n'importe quoi.

Bien décidée à rester positive, Olivia suggéra de chercher quelque chose d'autre. Ivy retourna à la page CLAIR DE LUNE.

— Écris « relations humain-vampire », suggéra Olivia, et Ivy s'exécuta sur-le-champ.

L'écran se remplit de résultats :

Race croisée née avec quatre têtes

Progéniture hybride s'autodévore

Hybride monstrueux rôde dans les égouts

Bébé chauve-souris terrorise un hôpital !

— C'est quoi tout ça ? bégaya Olivia.

— Des gros titres de tabloïdes, répondit Ivy d'un ton désenchanté. Les tabloïdes des vampires sont remplis à craquer d'histoires invraisemblables sur ce qui arrive lorsqu'un humain et un vampire essaient d'avoir un bébé.

— Ils ont des bébés chauves-souris ? demanda Olivia, incrédule.

— Bien sûr que non, la rassura Ivy. Voici quelque chose qui n'a pas l'air complètement fou, continua-t-elle en dirigeant son curseur vers un lien dans le bas de l'écran qui disait *Barrières génétiques au croisement des races : une étude scientifique.*

Ivy cliqua et se retrouva sur le site Web du *Journal vampirique des sciences biomédicales.*

Olivia lut le sommaire de l'article à voix haute :

— Cette étude, commanditée par V-Gen, compare la constitution génétique des vampires et des humains afin d'évaluer de manière objective les possibilités de porter avec succès une progéniture de race croisée. Les résultats suggèrent que les importantes différences entre l'ADN des vampires et l'ADN des humains représentent un obstacle insurmontable similaire à celui que l'on retrouve entre les canins et les félins.

Olivia regarda sa sœur.

— Est-ce que j'ai mal compris ou est-ce que ça dit vraiment que notre existence est aussi probable que celle d'un chiot né de l'union d'un chat et d'un chien?

Ivy poussa un soupir.

— C'est ce que ça dit, en effet, convint-elle. Mais c'est évident que nous ne sommes pas «impossibles», continua-t-elle. Je veux dire, nous existons et nous sommes sœurs!

Elle balaya l'écran des yeux et s'écria soudainement:

— C'est pas vrai!

— Quoi? demanda Olivia.

— Cet article a été écrit par Marc Daniels. C'est le nom du père de Brendan!

— En es-tu certaine? demanda Olivia en scrutant l'écran.

Elle lui indiqua une ligne à la fin du rapport de recherche.

— Est-ce que le père de Brendan est le chercheur en chef de V-Gen?

Ivy haussa les épaules. Elle retourna rapidement à la page principale du moteur de recherche et saisit *V-Gen*. Le premier résultat avait pour titre *V-GEN — une importante compagnie pharmaceutique vampirique basée à Franklin Grove.*

Olivia et Ivy fixèrent toutes deux l'écran pendant un long moment en essayant d'assimiler le fait incontestable que le père de Brendan était le même Marc Daniels qui avait écrit l'article.

— Nous devons lui parler, dit finalement Olivia.

Ivy se mordit la lèvre.

— Si nous nous fions à ses recherches, il n'est pas vraiment de notre côté, dit-elle.

— Nous pourrions peut-être le faire changer d'idée? proposa Olivia.

— Même si nous le pouvions, Olivia, répondit Ivy, je ne peux pas parler au père de mon petit ami de la façon dont on fait des bébés.

— Bien sûr que tu le peux! répondit Olivia en riant. Il comprendra. Allez,

Ivy, nous devons obtenir des réponses! Demande à Brendan demain s'il peut nous présenter à son père. *S'il te plaît.*

— Je n'en parlerai pas à l'école, déclara Ivy d'un ton décidé, ce qui attrista Olivia.

Puis, Ivy ajouta doucement :

— J'ai un rendez-vous avec Brendan vendredi. Je lui demanderai à ce moment-là.

Olivia tapa dans ses mains.

— Raconter à un généticien vampire que nous sommes jumelles va être beaucoup plus intéressant que d'analyser des cellules de joue!

* 🦇 *

Jeudi, à l'école, la frénésie entourant les jumelles était encore plus intense que la veille. Après la quatrième période, Ivy vit une élève de sixième année vêtue d'un court t-shirt sur lequel était écrit JE VEUX UNE JUMELLE GOTHIQUE.

«Je suis une mode éphémère!» songea Ivy, horrifiée.

Si elle avait pu creuser un trou, grimper dans son cercueil et se descendre elle-même dans la terre, elle l'aurait fait. Elle se sentait si mal à la fin de la journée qu'elle annula les plans qu'elle avait faits avec Olivia après l'école — elles avaient prévu préparer une liste de questions pour monsieur Daniels —, et rentra directement chez elle.

* 🦇 *

La nuit venue, Ivy, vêtue de son pyjama, faisait un peu de lecture avant de se coucher lorsqu'elle entendit des pas dans les marches menant vers le sous-sol. Elle regarda son père arriver lentement.

— Tu as nettoyé ta chambre, dit-il d'un ton approbateur.

Ivy sut tout de suite que quelque chose n'allait, car, au contraire, le sous-sol était encore plus bordélique que d'habitude. Elle se redressa et ferma son livre.

— Ivy, dit-il une fois rendu au bas des marches, je dois te parler. Te souviens-tu du poste à l'hôtel dont je t'avais parlé il y a plusieurs semaines ? demanda-t-il.

— Tu veux dire celui en Europe ? répondit Ivy.

Son père hocha la tête en guise de confirmation. Une chaîne d'hôtels commanditée par des vampires avait voulu l'engager comme décorateur d'intérieur. C'était un très bon emploi, mais il avait dit qu'il ne voulait pas quitter Franklin Grove.

— J'ai accepté le poste, annonça-t-il.

Ivy cligna des yeux.

— Je croyais que tu avais déjà dit non.

— C'est exact, dit-il en se raclant la gorge. Mais maintenant, ils m'ont fait une offre que je ne peux pas refuser.

— Quoi ? s'écria Ivy.

— Je dois accepter.

Il fit une pause.

— Je ne pourrais pas me le pardonner si je n'acceptais pas ce poste. Je commence dans environ trois semaines.

Ivy frissonna. Elle tira sur les manches de son pyjama afin de recouvrir ses poignets.

— Alors, tu pars pour l'Europe ?

Son père hocha la tête d'un air contrit.

— Mais comment est-ce que je vais faire pour rester à Franklin Grove si tu pars pour l'Europe ? demanda-t-elle.

Il sortit un mouchoir noir de sa poche et le tordit distraitement.

— Tu n'y resteras pas, dit-il avec un air affligé. Tu viens avec moi.

Le cœur d'Ivy tressaillit.

— Tu me fais quitter l'école?

— Il y a une très bonne école privée pour les filles comme toi au Luxembourg, répondit son père d'une voix lasse.

— Je ne peux pas! cria-t-elle de désespoir en attirant un oreiller à motif de chats noirs devant elle.

— Nous le devons, dit son père.

— Mais tous mes amis sont ici! conjura Ivy.

— Tu te feras de nouveaux amis.

— Et Olivia?

Son père se mit à regarder distraitement ses mains.

— Je suis désolé, dit-il doucement.

Ivy sentait que des larmes commençaient à couler le long de ses joues.

— Pourquoi tu fais ça? sanglota-t-elle.

— Ivy, je prends ce poste pour toi, dit-il avec douceur. Un jour, tu comprendras, lorsque tu seras parent.

Sans dire un mot de plus, il commença à s'éloigner. Il se retourna et la regarda solennellement avant de se diriger vers l'escalier.

— Nous déménagerons pendant le congé de Noël. Je sais que ce sera difficile pour toi, Ivy, mais essaie d'y penser comme à une nouvelle aventure. Pour nous deux, termina-t-il.

Puis, il s'en alla.

Ivy était estomaquée.

« Comment puis-je quitter Franklin Grove ? Comment puis-je quitter Olivia et mes amis ? Tout ça n'a aucun sens ! » pensa-t-elle.

Ivy saisit le téléphone instinctivement, mais se rendit compte qu'il était trop tard pour appeler qui que ce soit. Elle enfouit son visage dans son oreiller et demeura dans cette position, l'esprit affolé, incapable de s'endormir, pendant des heures.

CHAPITRE 5

Lorsqu'Olivia sortit de sa classe, vendredi matin, à la fin de son premier cours, Ivy et Sophia l'attendaient. La voix d'Ivy retentit faiblement derrière ses cheveux bruns :

— Peux-tu venir aux toilettes, celles du pavillon des sciences quelques minutes ?

« Pauvre Ivy, se dit Olivia. Toute cette attention commence vraiment à la bouleverser. »

Quelques instants plus tard, les trois filles se retrouvèrent seules dans les toilettes vides. Ivy repoussa ses cheveux de devant son visage, et Olivia vit que ses yeux étaient rouges, comme si elle avait trop pleuré.

— Qu'est-ce qui s'est passé ? demandèrent Olivia et Sophia à l'unisson.

Ivy sourit un instant, puis son visage s'effondra comme ces édifices que l'on détruit pour faire place à de futurs parcs de stationnement.

— Je déménage en Europe, sanglota-t-elle.

Sophia lança un regard oblique à Olivia.

— Est-ce qu'elle a dit qu'elle « encourage les misanthropes » ?

— Je cr-crois qu'elle a d-dit qu'elle « déménage en Europe », bégaya Olivia.

— Quoi ? s'écria Sophia.

Ivy hocha la tête pour confirmer.

Olivia lui tendit la main, et Ivy la saisit comme s'il se fût agi d'une bouée de sauvetage. Sophia saisit son autre main.

— Ça va aller, murmura Olivia en essayant de garder ses idées claires.

— Et c'est pour quand ? demanda Sophia.

Ivy dut s'y prendre à trois fois avant de pouvoir répondre.

— Aux vacances de Noël, sanglota-t-elle.

— Mais c'est dans à peine trois semaines ! s'exclama Sophia.

Olivia avait le cœur gros.

— Pourquoi? demanda-t-elle d'une voix cassante.

Ivy ne put répondre. Sans lâcher sa main, Olivia s'approcha du distributeur d'essuie-tout pour en retirer quelques feuilles. Elle les tendit à Ivy, qui se moucha.

Elle prit une grande respiration.

— Mon père a accepté un poste au *Luxembourg*, expliqua-t-elle.

Elle avait prononcé « Luxembourg » comme s'il s'était agi du pôle Nord.

Olivia secoua lentement la tête, son reflet s'embrouillant dans le miroir au fur et à mesure que ses yeux s'emplissaient de larmes.

— Mais tu ne peux pas partir, dit-elle. Je viens juste de te retrouver!

— Tu ne peux pas t'en aller, répéta Sophia. Tu es ma meilleure amie!

— Je suis obligée, dit Ivy.

Sur ces mots, toutes trois se mirent à sangloter en se prenant dans leurs bras.

Lorsqu'Olivia s'éloigna enfin, elle vit que les visages de Sophia et d'Ivy étaient noirs de mascara. Elle ne put s'empêcher de rire.

— Vous avez l'air de deux ratons laveurs.

— Toi aussi, rétorqua Sophia en riant et en pleurant tout à la fois.

Olivia se regarda dans le miroir et constata que Sophia avait raison ; leur maquillage gothique avait déteint sur son visage.

Elle se nettoya la figure et, alors qu'elle commençait à se remettre du fard à joues, une pensée lui traversa soudainement l'esprit.

— Est-ce que tu l'as dit à Brendan ? demanda-t-elle à Ivy.

Ivy ne dit rien, mais sa peau prit une couleur qu'Olivia n'avait jamais vue sur elle auparavant. Elle était rose, comme si elle rougissait.

— Elle va perdre connaissance ! s'écria Sophia.

Les paupières d'Ivy battirent quelques instants, puis elle s'affala contre l'évier. Olivia se précipita pour la soutenir et Sophia ouvrit le robinet pour asperger son visage d'eau. Rien. Sophia répéta son geste.

— Arrête ! bredouilla Ivy. Arrête !

Elle se remit sur ses pieds et adressa un regard méchant à Sophia.

— Tu essaies de me noyer ou quoi ?

— Tu as perdu connaissance, dit Sophia d'un air contrit.

— Quoi ? Je ne perds jamais connaissance ! dit Ivy, incrédule.

— Olivia t'a demandé si tu avais parlé à Brendan, expliqua doucement Sophia.

Ivy cligna des yeux, puis elle laissa échapper un soupir torturé.

— C'est vrai, chuchota-t-elle.

— Je pensais que notre peau devenait blanche lorsqu'on perdait connaissance, dit Olivia.

— Pas celle des vampires, dit Sophia en secouant la tête. La nôtre rougit.

Ivy commença à s'essuyer le visage avec un essuie-tout.

— Je n'avais même pas pensé à Brendan, dit-elle d'une voix rauque. Je crois que je ne *voulais* pas y penser. Vous perdre est déjà assez dur.

Olivia serra les dents ; elle ne voulait pas recommencer à pleurer.

— Je vais à la salle de jeux avec lui ce soir, continua Ivy tristement. Je crois que je devrai lui dire à ce moment-là.

Devant le miroir, côte à côte, les trois filles recommencèrent à se débarbouiller en silence.

Après avoir fait un câlin à Ivy, Sophia fut la première à partir, car elle devait aller chercher un livre dans son casier avant le début de son prochain cours.

Tandis qu'Ivy finissait de se remettre du mascara, Olivia fixait le plancher.

— Penses-tu qu'on devrait continuer à chercher la vérité sur nos parents ? demanda-t-elle.

— Le fait que tu sois au courant de l'existence des vampires ne changera pas lorsque je serai partie, répondit Ivy même si elle n'avait qu'articulé sans prononcer le mot « vampires ». Je crois qu'il y a encore plus de raisons pour justifier ton droit de connaître le secret maintenant, car je ne serai plus là pour te protéger.

Olivia hocha la tête, et un petit sourire naquit sur ses lèvres. Sa sœur avait raison et, de toute façon, elle voulait connaître la vérité sur leurs parents.

— Est-ce que je pourrai venir te voir ? demanda Olivia avec une toute petite voix.

Le reflet d'Ivy la regarda droit dans les yeux.

— Tu ferais mieux.

Elle se retourna et elles se firent un câlin.

Elles hissèrent leurs sacs sur leurs épaules en même temps et se préparèrent à sortir de la salle de bain.

— Viens-tu toujours déjeuner demain ? demanda Olivia. Ma mère a tellement hâte d'aller magasiner !

— Bien sûr, dit Ivy avec un sourire en ouvrant la porte sur le brouhaha du couloir. Je ne suis pas encore partie.

★ 🦇 ★

Vendredi, en soirée, Ivy se tenait dans l'ombre, près de l'entrée de la salle de jeux du centre commercial, blottie entre le mur et un énorme jeu de simulation de poste de pilotage. De là où elle se trouvait, elle pouvait observer Brendan sans qu'il ne la voie tandis qu'il l'attendait tout près du jeu de hockey sur table, de l'autre côté de la salle.

Ses larges épaules étaient recouvertes d'une veste gris foncé d'allure militaire, portée par-dessus un t-shirt d'un éclatant vert goule. Ses cheveux noirs bouclés, encore mouillés par la pluie, brillaient sous la faible lueur bleue de la salle de jeux. Il était mortel dans tous les sens du terme. Il tapait distraitement une rondelle de hockey sur le bord de la table.

Leur premier rendez-vous avait eu lieu ici, il n'y avait pas si longtemps de cela. Brendan avait surpris Ivy en lui proposant un concours continu de hockey sur table. Ce tournoi s'était prolongé en même temps que leur relation, et le pointage était maintenant de 23 à 22 pour Ivy. Ils étaient toujours coude à coude. Ivy voulait qu'ils demeurent coude à coude pour toujours.

Elle avait passé tellement d'années à se languir de Brendan Daniels sans jamais avoir le courage d'aller lui parler et, maintenant, il était enfin devenu son petit ami.

«Comment vais-je faire pour le laisser?» songea-t-elle en ressentant une intense douleur au cœur.

Mais elle savait qu'elle n'avait pas le choix.

Ivy s'était préparée à l'éventualité que ce soir soit leur dernier rendez-vous. Comment pourraient-ils rester ensemble alors que tout un océan allait les séparer?

Elle se prépara mentalement et sortit de sa cachette. Brendan l'aperçut immédiatement. Il se précipita vers elle, l'embrassa sur la joue, saisit sa main et l'entraîna à sa suite jusqu'au jeu de hockey sur table.

— J'ai attendu toute la semaine pour te voler la vedette, annonça-t-il.

Il s'arrêta à côté de la table et étendit ses mains dans les airs, comme s'il imaginait déjà la page couverture du prochain numéro du *Scribe*.

— Daniels l'emporte contre Vega lors d'une victoire écrasante au hockey sur table!

Il mit sa main dans sa poche et en ressortit des jetons. Il se pencha pour les insérer dans la fente, mais Ivy se força à poser sa main sur la sienne au dernier moment.

— Attends, dit-elle doucement.

Brendan s'arrêta et leva les yeux vers elle. Ivy entrelaça ses doigts pâles autour des siens et l'éloigna de la table, l'entraînant plus loin dans la salle de jeux. Enfin, ils se retrouvèrent dans le coin des jeux vidéo classiques, là où il y avait le moins de bruit.

— Brendan, dit-elle d'une voix tremblante, mon père a un nouvel emploi.

— C'est excellent! répliqua-t-il, mais son sourire s'estompa à mesure qu'il scrutait le visage d'Ivy. N'est-ce pas?

— C'est en Europe, répondit Ivy.

Elle prit une grande inspiration.

— Nous déménageons dans trois semaines.

Une expression sombre traversa les yeux de Brendan. Il baissa soudainement le regard vers leurs mains entrelacées.

— Tu pars ? dit-il sans lever les yeux.

Ivy hocha la tête tandis qu'il secouait la sienne sans la regarder.

« C'est la fin », se dit Ivy.

Puis, Brendan commença à caresser les doigts d'Ivy d'un air pensif. Tout d'un coup, il leva les yeux et la regarda d'un air déterminé.

— La distance n'a pas d'importance, déclara-t-il.

— Brendan..., commença-t-elle, sentant qu'elle devait désapprouver pour une quelconque raison.

— Elle n'en a pas, dit-il fermement. Nous pourrons nous appeler et nous envoyer des courriels et des textos.

— Il y aura un décalage horaire, l'avertit Ivy.

— J'ai toujours voulu visiter l'Europe, dit Brendan, impassible. Tout le monde dit que c'est mortel.

— Tu viendras me visiter ? dit Ivy d'une voix tremblante.

Brendan la regarda dans les yeux, mit ses bras autour d'elle et l'attira vers lui.

Ivy enfouit son visage dans sa poitrine.

— Je ne sais pas comment te dire adieu, chuchota-t-elle.

— Tu n'as pas à le faire, dit Brendan dans ses cheveux.

Ivy leva les yeux pour le regarder et son cœur fit un bond.

Il lui fit un sourire rassurant.

— Je crois qu'on a besoin d'un nouveau jeu, dit-il en regardant tout autour de lui. Un jeu auquel on pourrait jouer même en étant séparés, histoire de continuer à comparer nos pointages.

Soudainement, ses yeux se fixèrent sur un point de l'autre côté de la salle et il haussa les sourcils.

— *Skee-ball*!

Il commença à l'entraîner de l'autre côté de la salle de jeux, mais Ivy resta en arrière. Il ne lui semblait pas adéquat de jouer à un jeu dans de telles circonstances.

— Je ne sais pas, murmura-t-elle.

— Ivy, dit Brendan d'une voix ferme, il ne nous reste que trois semaines. Ce sera correct d'être triste quand tu seras partie, mais je ne veux pas passer mon temps à être triste pendant que tu es encore ici.

« Tu as raison, se dit Ivy. Et tu es tout à moi ! »

Elle sourit et ils coururent ensemble de l'autre côté de la salle.

— Je t'avertis, lui dit Brendan. Mon meilleur score est imbattable !

Quelques minutes plus tard, Ivy lançait sa balle dans le centre de la cible une deuxième fois de suite pour 500 points.

— Elle… me… tue, croassa Brendan.

Il se laissa tomber sur l'allée voisine, qui était libre, les yeux fermés et la langue sortie.

Ivy sourit et se prépara pour son prochain lancer. Alors qu'elle lâchait la boule, Brendan bondit et siffla vers elle en lui montrant des crocs imaginaires. La boule de bois fit une course folle en remontant la pente, frappa le haut de la cage et rebondit hors de l'allée.

— Brendan ! gronda Ivy.

La boule roula par terre et Ivy courut pour la récupérer. Pendant un instant, elle la perdit de vue. Tout d'un coup, elle aperçut la boule alors qu'elle heurtait la chaussure noire de quelqu'un avec un *toc* sourd.

L'homme à qui appartenait ladite chaussure se pencha et ramassa la boule. Il la tint devant lui et regarda Ivy d'un air inquisiteur. Il portait une chemise bleu foncé et un manteau de laine gris. Il avait des lunettes rondes et une masse de cheveux bouclés grisonnants qui se dressaient dans toutes les directions ; il avait l'air d'un savant fou.

— D-désolée, bégaya Ivy.

L'homme déposa la boule dans sa main.

— Papa ! s'exclama Brendan en rejoignant Ivy. Qu'est-ce que tu fais ici ?

Ivy se retourna pour regarder Brendan, puis l'homme qui était devant elle. Elle avait peine à croire à sa bonne fortune. Brendan avait non seulement une attitude A positif au-delà de ses attentes concernant son déménagement en Europe, mais elle allait aussi rencontrer son père sans même avoir à le lui demander.

Brendan s'approcha petit à petit de son père.

— Je suis au beau milieu d'un rendez-vous, murmura-t-il à voix basse.

« Je ne sais pas comment c'est possible, se dit Ivy, mais la gêne le rend encore plus craquant. »

— Ta mère m'a demandé de te dire d'être à la maison à temps pour le dîner, dit monsieur Daniels de façon hésitante.

Il regarda Ivy une fois de plus, puis fixa son regard sur Brendan, attendant sa réponse.

— Papa, je te présente Ivy. Ivy, voici mon père, marmonna Brendan.

Le père de Brendan tendit la main.

— Je suis très content de te connaître, dit-il en retournant la main d'Ivy dans la sienne avec curiosité.

Il la regarda avec des yeux pétillants.

— J'ai cru comprendre que tu as une jumelle?

— Papa! gronda Brendan.

Il lança un air contrit à Ivy.

— Mon père est généticien.

— Ça va, lui dit Ivy.

« Monsieur Daniels semble avoir aussi hâte de me parler qu'Olivia et moi! » songea-t-elle avec excitation.

— Enchantée de vous rencontrer, Monsieur Daniels.

Il la regarda dans les yeux.

— As-tu eu des problèmes de santé dans ton enfance? demanda-t-il cliniquement.

Ivy y pensa.

— Non. J'ai déjà coincé une bille dans mon oreille.

— Es-tu allergique à l'ail ? demanda-t-il.

— Bien sûr, répondit Ivy.

— C'est inconcevable, marmonna monsieur Daniels à lui-même.

— Désolé de vous interrompre, dit Brendan d'un ton agacé, mais est-ce que j'ai mentionné qu'Ivy et moi sommes au beau milieu d'un *rendez-vous* ?

Il saisit le bras de son père et l'éloigna.

Quelques instants plus tard, Brendan réapparut seul aux côtés d'Ivy, qui l'attendait près du jeu de *Skee-ball*.

— Je suis désolé, dit-il d'un ton gêné lorsqu'Ivy lui tendit une boule. Depuis qu'il a entendu parler de toi et d'Olivia, il meurt d'envie de vous rencontrer.

Brendan lança la boule, qui rebondit dans le cercle juste à l'extérieur du centre de la cible.

— Ça fait 400 points, annonça-t-il.

— Tu veux entendre quelque chose de mortel ? lui dit Ivy en prenant une boule. J'allais moi-même te demander si je pouvais parler à ton père.

Elle la lança pour 100 points et grimaça.

— Comment ça ? demanda Brendan.

— Olivia et moi avons trouvé un rapport d'étude qu'il a écrit au sujet des relations entre les vampires et les humains et de la possibilité qu'ils puissent concevoir des bébés. C'est de ça qu'on voulait lui parler.

— Alors, tu serais prête à venir dîner chez moi dimanche? dit Brendan d'un ton soulagé. Mon père m'a demandé de vous inviter, toi et Olivia.

— Ce serait mortel! dit Ivy.

— Peut-être pour toi, affirma Brendan. Tu n'as pas à l'écouter parler de son travail à longueur de journée! Mais, au moins, il pourra sortir tout son charabia scientifique et Olivia et toi pourrez lui poser toutes les questions que vous voulez.

— Mais il ne sait pas qu'Olivia est au courant de, tu sais, la chose? dit Ivy de façon énigmatique.

— Ivy, la rassura Brendan, je ne révélerais jamais tes secrets à qui que ce soit. Surtout pas à mes parents.

Ivy sourit, ramassa sa boule et visa le centre de la cible. Elle allait inviter Olivia à dîner dans la famille de Brendan lorsqu'elle irait déjeuner chez elle le lendemain. La boule roula le long de la rampe avant d'atterrir directement dans le centre de la cible.

— Oui ! cria-t-elle.

Brendan soupira.

— Au moins, quand tu partiras, dit-il, je pourrai de nouveau être le détenteur du meilleur score en Amérique du Nord.

CHAPITRE **6**

Olivia se dirigea furtivement vers la porte d'entrée. Depuis qu'elle avait su qu'Ivy déménageait, la mère d'Olivia faisait des plans beaucoup trop intenses la concernant. Elle lança un regard furieux vers la réflexion de son visage blanchi au maquillage dans le miroir du foyer avant d'ouvrir la porte.

Ivy la détailla de la tête aux pieds.

— Tu ne crois pas que c'est un peu risqué d'essayer de changer de place pour le déjeuner avec tes parents ? chuchota-t-elle. D'autant plus que je ne porterais jamais des pantalons et des souliers noirs comme ça — ça fait beaucoup trop sérieux.

— Je n'essaie pas d'être toi, fulmina Olivia en serrant les dents. Ma mère nous oblige à devenir des Gothiques en ton honneur !

Ivy éclata de rire.

— Si tu penses que *j'ai* l'air drôle, lança Olivia, attends de voir mes parents.

Elle dirigea Ivy vers la salle à manger où sa mère avait mis le couvert.

— Même si c'est passé depuis des semaines, nous faisons semblant que c'est l'Halloween, dit sombrement Olivia.

Sa mère avait recouvert la table d'une nappe noire sur laquelle elle avait collé, au fer, de petits crânes blancs en applique. Il y avait une chandelle au centre de la table et d'horribles serviettes ornées de citrouilles qui dataient d'une fête costumée qui avait eu lieu alors qu'Olivia avait environ six ans.

— Ivy est arrivée, annonça Olivia d'une voix forte.

Ivy regarda tout autour d'elle ; elle ne comprenait pas pourquoi les parents d'Olivia n'étaient pas là.

Soudainement, un grincement se fit entendre, et juste au-delà de la porte-fenêtre qui donnait à l'extérieur, la porte menant au sous-sol s'ouvrit brusquement. Le père d'Olivia en sortit, vêtu de pantalons de cuir noirs, d'une chemise à col boutonné pourpre et d'une cravate noire ornée de globes oculaires phosphorescents. Son souffle faisait des nuages de fumée dans l'air froid de décembre.

— Est-ce que ton père porte du crayon pour les yeux ? chuchota Ivy.

Olivia hocha la tête, muette d'horreur.

— C'est diablement bon de te voir, Ivy, dit le père d'Olivia d'un ton hésitant en entrant.

— Bonjour, Monsieur Abbott, dit Ivy en souriant. Beaux pantalons.

Tout d'un coup, des notes de musique classique inquiétante retentirent si fort dans la maison qu'Olivia et Ivy durent se couvrir les oreilles. Quelqu'un baissa le volume brusquement, et un nuage de fumée surgit de la cave.

— C'est de la glace sèche, dit fièrement le père d'Olivia.

Une main pâle et tremblotante émergea du sous-sol, puis la mère d'Olivia monta doucement les marches, donnant presque l'impression de flotter, vêtue d'une robe noire en lambeaux et d'oreilles de lapin qu'elle avait peintes de la même couleur. Elle portait une quantité impressionnante de maquillage noir : crayon pour les yeux, mascara, rouge à lèvres. La totale, quoi. Elle portait même du fard à joues grisâtre, ce qui lui donnait plutôt l'air d'un cadavre.

— Bienvenue dans la maison hantée des Abbott, souffla Olivia à voix basse.

Sa mère entra dans la salle à manger.

— Salutations, Ivy! dit-elle dramatiquement en affectant un accent parisien sans raison apparente.

Ivy lâcha un petit rire et fit la révérence, ce qui ne fit qu'empirer les choses.

Ils passèrent finalement à table tandis que la mère d'Olivia servait fièrement le goulache au bœuf qu'elle avait cuisiné. Il dégageait une odeur véritablement atroce, et Olivia essaya de ne plus respirer par le nez. Heureusement, sa mère avait fait une soupe au «sang» (tomates) spécialement pour elle; elle se contenta donc de cela et d'un peu de salade de pommes de terre noires et bleues.

— Alors, Ivy, Olivia nous a dit que tu habites dans toute une... crèche? tenta le père d'Olivia.

La mère d'Olivia secoua la tête en signe de désapprobation.

— Toute une maison? essaya-t-il de nouveau.

— Quelqu'un d'aussi cauchemardesque que toi devrait pouvoir faire mieux, Steve, le défia la mère d'Olivia.

— Toute une... crypte? ajouta-t-il prudemment.

Olivia enfouit sa tête dans ses mains tandis que sa mère hochait la tête en signe d'approbation.

Ivy sourit.

— Notre maison est l'une des plus vieilles de Franklin Grove, répondit-elle.

Olivia avait peine à croire que sa sœur puisse véritablement s'amuser en ce moment. Elle décida d'essayer de détourner la conversation de tout sujet relié aux Gothiques, histoire de donner une chance à ses parents d'arrêter de lui faire honte.

— Saviez-vous qu'Ivy a déjà été meneuse de claque?

— Ah oui? répondit la mère d'Olivia avec enthousiasme, sa vraie personnalité refaisant soudainement surface l'espace d'un instant.

Ivy hocha la tête.

— C'est vrai, confirma-t-elle.

Alors que sa sœur racontait son histoire à monsieur et à madame Abbott, Olivia espérait avoir enfin trouvé un sujet que ses parents ne pourraient pas transformer en un sujet gothique.

Le père d'Olivia se racla la gorge.

— Vas-y, Audrey, dit-il en guise d'encouragement. Laisse ton obscurité briller !

— Bon, d'accord ! C'est que, commença la mère d'Olivia, pendant qu'on décorait la maison aujourd'hui, un petit cri gothique m'est venu à l'esprit.

Olivia grogna.

— S'il te plaît, non !

Ivy donna un coup de coude à sa sœur et dit :

— J'aimerais bien l'entendre.

Olivia lui lança un regard de la mort tandis que ses parents se levaient et se plaçaient à côté de la table. Sa mère prit une pose de zombie et son père fit de même ; Olivia se prit immédiatement à souhaiter que la terre s'ouvre et l'avale tout entière.

— Nous sommes des Gothiques. Nous sommes sombres !

La mère d'Olivia bougeait de façon saccadée tandis qu'elle chantait, prenant une nouvelle pose de zombie chaque fois qu'elle s'arrêtait.

— Gothiques jusqu'au fond des ombres ! l'accompagna monsieur Abbott.

Olivia leva les yeux au ciel. Puis, ses parents commencèrent à chanter à l'unisson.

— Nous disséminons la terreur. Nos grognements vous feront peur! Grrr, grr, grr!

Ivy applaudit très fort.

— J'aimerais bien voir Olivia et son équipe faire ce cri-là, dit-elle en souriant.

La mère d'Olivia avait une expression pleine d'espoir en s'asseyant à la table.

— Bon, tu pourrais peut-être me l'enseigner plus tard, dit Olivia d'une voix lasse.

Après ce qui lui sembla être une éternité, le repas fut enfin terminé, et Olivia bondit immédiatement sur ses pieds.

— Je vais débarrasser la table, dit-elle spontanément.

— Je vais t'aider, offrit Ivy.

La mère d'Olivia commença à protester, mais Olivia lui dit :

— Assieds-toi, maîtresse des ténèbres!

— Chez les Gothiques, il est coutumier pour les jumelles de débarrasser la table! ajouta Ivy en souriant.

— J'imagine qu'on pourrait s'y habituer, répondit la mère d'Olivia en souriant à son mari.

Une fois rendue dans la cuisine, Olivia déposa les assiettes et se retourna vers sa sœur.

— Est-ce que ça te fait flipper, toi ? demanda-t-elle. Parce que moi, oui, complètement !

— Non, répondit Ivy. Pourquoi ?

— Tu ne crois pas que ce genre de comportement est étrange de la part de parents ? expliqua Olivia.

— Olivia, mon père ne veut même pas te rencontrer ! dit Ivy. Au moins, tes parents essaient. Et puis, si tu penses que tes parents te font honte, tu aurais dû voir Brendan au centre commercial, hier soir, quand son père s'est présenté.

Olivia déposa l'éponge qu'elle tenait dans ses mains.

— Tu as rencontré le père de Brendan ? Ivy hocha la tête.

— Il veut qu'on aille déjeuner chez lui demain. Apparemment, monsieur Daniels meurt d'envie de nous parler. Peux-tu venir ?

— C'est sûr ! dit Olivia en rinçant une assiette. Penses-tu qu'il serait capable de prouver que j'ai du sang de vampire en moi ?

Ivy lança un regard nerveux vers la porte pour s'assurer que personne ne se trouvait dans les parages.

— Tu ne pourras rien dire de la sorte demain chez les Daniels, Olivia. Si les parents de Brendan découvrent que je t'ai révélé notre secret, qui sait ce qui pourrait arriver!

« Alors, comment allons-nous parler au père de Brendan, songea Olivia, si nous ne pouvons rien lui dire? »

En même temps, elle savait que sa sœur avait raison.

Elle était en train d'essuyer la dernière assiette lorsqu'elle se rendit compte qu'elle n'avait pas du tout envie de retourner dans la salle à manger, là où ses parents faisaient encore semblant d'être des Gothiques.

— Est-ce que ça te dérangerait si je n'allais pas magasiner avec toi et ma mère? demanda Olivia à Ivy d'un ton hésitant.

— Tu ne veux pas aller magasiner? s'exclama Ivy.

— Je crois que j'ai assez vu ma mère et son comportement étrange pour une journée, admit Olivia. Je pourrais rester ici et faire d'autres recherches sur Internet, par exemple sur le nombre de jumeaux nés à Owl Creek.

— D'accord, consentit Ivy. Je n'ai jamais eu de mère auparavant, alors ce sera mortel d'en avoir une juste pour moi tout un après-midi !

⋆ 🦇 ⋆

— Allons nous faire faire une manucure ! dit la mère d'Olivia à Ivy d'un ton excité alors qu'elles descendaient l'escalier mécanique.

Il y avait un nouveau salon appelé Ongles mignons au rez-de-chaussée du centre commercial.

— Pourquoi pas ! dit bravement Ivy. Je n'ai jamais eu de manucure auparavant.

— Mais tes mains sont tellement belles ! s'exclama Audrey tandis qu'elles arrivaient au bas de l'escalier mécanique.

« Voilà pourquoi j'ai besoin d'une mère », songea Ivy tandis qu'Audrey l'entraînait à sa suite avec enthousiasme.

— Quelle couleur vas-tu choisir ? lui demanda Audrey en regardant l'assortiment de vernis.

Ivy regarda toutes les couleurs.

— Je pense que je vais opter pour Bordeaux nocturne.

— C'est exactement ce que j'allais choisir! dit la mère d'Olivia d'un ton excité. Les filles du club de bridge vont être tellement surprises!

Lorsqu'elles eurent terminé au salon, elles se promenèrent d'un magasin à un autre, essayant des boucles d'oreilles et des vêtements rigolos. Chez le Tourne-disque, Audrey demanda à Ivy de lui faire écouter «ce qui est populaire chez les Gothiques», puis elle commença à se trémousser intensément à la station d'écoute au son du dernier album de Final Fangtasy tout en exécutant la danse des zombies dans l'allée.

«Maintenant, je sais de qui Olivia tient son enthousiasme», songea Ivy.

Ensuite, elles se rendirent chez Vêtements Donjon, où la mère d'Olivia remarqua qu'Ivy admirait un chandail et entreprit de le lui faire essayer. En jetant un coup d'œil à travers le rideau de sa cabine d'essayage, Ivy vit qu'Audrey attendait qu'elle en ressorte. Pendant un instant, elle s'imagina qu'elle était vraiment sa mère.

«C'est ça, se dit-elle, aller magasiner avec sa mère.»

Ivy sortit de la cabine et se racla la gorge. Audrey bondit de sa chaise et l'examina de la tête aux pieds.

— C'est mortellement génial !

Ivy ne put s'empêcher de sourire en entendant cette déclaration sortir de la bouche d'Audrey.

— Tu crois ? dit-elle en se retournant pour se contempler dans le miroir.

Le chandail était effectivement beau à mourir ; il ressemblait à une toile d'araignée noire étirée par-dessus une camisole grise scintillante en satin. Toutefois, il ne semblait pas tout à fait bien tomber.

Audrey leva un doigt dans les airs et se mit à chercher dans son sac à main. Elle y trouva des épingles de sûreté, puis se plaça derrière Ivy et empoigna une partie du tissu.

— Ne bouge pas, dit-elle en insérant deux épingles.

On aurait dit que le chandail avait été transformé comme par magie ; il tombait parfaitement désormais.

— Comment as-tu fait ça ? bégaya Ivy.

— Olivia dit que je suis une « reine du foyer », lui répondit fièrement Audrey.

« Les mères, c'est totalement mortel ! »
se dit Ivy.

Quelques instants plus tard, elles parta-
geaient une table dans la foire alimentaire.

— Parle-moi de ton père, demanda
Audrey en sirotant délicatement son Coke
diète afin d'éviter d'étendre le rouge à
lèvres qu'Ivy lui avait prêté.

Cette dernière déposa son burger et
fixa son assiette.

— Tu ne t'entends pas bien avec lui ?
insista Audrey.

— D'habitude oui, admit Ivy. Je veux
dire, je l'aime. Il a toujours été incroyable.
Mais c'est difficile de ne pas être fâchée
contre lui ces temps-ci.

— Pourquoi ?

— Parce que je ne veux pas déménager
en Europe, répondit tristement Ivy.

Audrey hocha la tête avec compassion.

— Je me souviens du jour où Steve
m'a dit qu'on devait déménager à Franklin
Grove pour son travail.

— Qu'as-tu fait ? demanda Ivy.

— J'ai pleuré, se remémora Audrey. Et
Olivia, elle, a refusé de sortir de sa chambre
pendant toute une semaine. C'était horrible.

— Qu'est-ce qui s'est passé ensuite ? demanda Ivy.

— Eh bien, je ne peux m'imaginer habiter ailleurs aujourd'hui, dit Audrey en souriant.

Elle s'étira pour poser sa main sur celle d'Ivy.

— Tout va bien aller, dit-elle. Rien ne peut briser le lien que tu partages avec Olivia. Même pas un océan.

Ivy hocha la tête bravement.

Soudain, Audrey jeta un coup d'œil à sa montre et afficha un air déçu.

— Mon Dieu, que le temps passe vite !

Un peu plus tard, alors qu'elles quittaient le stationnement, Audrey offrit à Ivy de la reconduire chez elle. Ivy était sur le point d'accepter lorsqu'Audrey ajouta d'une voix enjouée :

— Je pourrai rencontrer ton père !

— Je viens de me souvenir, improvisa Ivy, que j'avais promis à Olivia de la rencontrer chez vous... pour qu'on puisse marcher jusqu'à chez moi... pour faire de l'exercice.

— Tu es certaine de ne pas vouloir que je te reconduise ? demanda Audrey, visiblement déçue.

— Peut-être une autre fois ! répondit Ivy d'un ton aussi enthousiaste que possible.

En fait, Olivia était soulagée d'avoir une excuse pour sortir de la maison. Le simple fait d'entendre sa mère couiner « Trop mortel ! » à l'intention d'Ivy à leur retour du centre commercial lui donnait envie de hurler.

— Et puis, comment s'est passée la recherche ? demanda Ivy tandis qu'elles passaient devant le cimetière en route vers chez elle.

— Pathétique, répondit Olivia. Sais-tu combien de paires de jumeaux ont vu le jour à Owl Creek ?

— Je peux penser à au moins une, dit Ivy.

— Trois, lui répondit Olivia. En plus de nous, il y a Eddie et Freddie, qui ont maintenant une pizzeria à Chicago, et un frère et sœur qui forment une équipe de *roller derby*. Devine comment ils s'appellent !

Ivy fit une grimace.

— Et moi qui croyais que toi et moi formions un couple étrange.

— Les Glorieux Glisseurs, répondit Olivia.

Ivy grogna.

— Je n'ai trouvé aucune mention de nous, pas même un avis de naissance de jumelles, se lamenta Olivia.

« C'est difficile de ne pas se décourager quand toutes les options qu'on explore ne nous mènent nulle part », songea-t-elle.

Ivy hocha la tête tristement, comme si elle pouvait entendre les pensées d'Olivia, puis elle s'arrêta.

— Est-ce que je t'ai montré le chandail que ta mère m'a acheté ?

Olivia fit signe que non, et Ivy plongea la main dans son sac à dos pour en ressortir un superbe haut décolleté en toile d'araignée. Elle le tint devant elle et fit battre ses épais cils noirs.

Olivia en eut le souffle coupé.

— Ma mère ne me laisserait jamais sortir de la maison avec un chandail comme ça !

— Eh bien, aujourd'hui, elle était comme une vampire dans un bain de sang, lui dit Ivy comme si de rien n'était. Tu aurais dû la voir faire la danse du zombie au beau milieu du Tourne-disque !

Olivia couvrit ses yeux de ses mains.

— Et moi qui ai toujours cru que c'était mon père qui était gênant. En tout cas, continua-t-elle, déterminée à agir de façon mature, je suis contente que vous vous soyez amusées.

Ivy hocha la tête en silence. Olivia la regarda.

— Tu t'es amusée, non?

— Bien sûr, dit doucement Ivy. Elle a été vraiment super, et je... eh bien, j'ai découvert ce que c'est que d'avoir une mère.

Elle donna un coup sur le trottoir avec le bout de sa botte.

— Mais Audrey n'est pas ma mère, continua-t-elle. C'est la tienne. Tu es vraiment chanceuse, Olivia, termina-t-elle en chuchotant.

Les yeux d'Olivia se remplirent de larmes.

«Oui, je le suis», se dit-elle.

Elle mit ses mains autour du bras d'Ivy et, ensemble, elles montèrent la longue entrée menant à sa demeure en silence.

— Papa! appela Ivy en débarrant l'énorme porte d'entrée. Olivia est ici!

Sa voix résonna dans les corridors de pierre.

— Papa?

Olivia suivit Ivy jusqu'à la cuisine. Une note l'attendait sur le comptoir.

— *Ma chérie*, lut Ivy à voix haute, *j'ai bien reçu ton message, mais j'ai dû partir. Mes salutations à ton amie Olivia.*

— Ton « amie » ? répéta Olivia, incrédule.

Ivy lança son sac sur le comptoir.

— Je ne peux pas le croire ! Il fait exprès de t'éviter parce que tu es humaine ! fulmina-t-elle. Au moins, nous pourrons faire plus de recherches sur nos *vrais* parents sur le VVV.

Olivia n'avait jamais vu sa sœur aussi fâchée. Elle secoua la tête.

— Je crois qu'on en a eu assez pour cette semaine, dit-elle. Pourquoi on ne s'amuserait pas maintenant ? Appelle Sophia et demande-lui si elle peut venir.

Une demi-heure plus tard, les trois filles riaient dans le salon en faisant des imitations des Bêtes lorsqu'elles furent surprises par les notes de grandes orgues de la sonnette de la porte d'entrée. Ivy courut répondre, suivie d'Olivia et de Sophia.

— Bonjour, Georgia, fit Ivy en ouvrant la porte d'entrée.

— Bonjourrrrrrrrrrrr, mademoiselle Ivy, ronronna une voix.

— Eau bénite ! chuchota Sophia à Olivia. C'est Georgia Huntingdon, la rédactrice en chef de la revue *Vamp* !

Olivia se déplaça sur le côté pour mieux voir, mais elle ne put qu'apercevoir un nuage de cheveux blancs par-dessus l'épaule d'Ivy.

— Mon père n'est pas là, dit Ivy.

— Elle prévoit faire un article à propos d'une crypte sur laquelle travaille le père d'Ivy, chuchota Sophia.

— C'est trop *cool* ! s'écria Olivia.

— *Cool* ? interrogea la voix. Est-ce que quelqu'un a dit *cooooool* ?

Ivy se déplaça et Olivia put enfin voir Georgia Huntingdon.

« Wow ! » se dit-elle.

La femme portait un long et luxueux manteau de soie de couleur vert émeraude orné de boutons faits de bijoux sur toute la longueur. Elle portait aussi un rouge à lèvres rouge vif qui marquait son visage pâle comme une coulée de sang. Ses cheveux étaient d'un blanc immaculé, une choucroute de boucles empilées sur sa tête et tenues en place par une pince à cheveux en émeraude en forme de chauve-souris. Olivia n'aurait pu dire si elle avait 30 ans ou 300 ans, mais elle était sans aucun doute la personne la plus élégante qu'elle avait vue de toute sa vie !

— Je crois que « *cooool* », ronronna Georgia Huntingdon en souriant à Olivia, révélant ainsi des dents parfaites, va devenir le nouveau « *hot* ».

— Mais, comme je vous l'ai dit, répéta Ivy d'un ton contrit en refermant la porte afin d'empêcher le froid d'entrer, mon père n'est pas ici en ce moment.

— Oh, je ne suis pas ici pour Charles, répliqua Georgia. Je suis venue ici pour toi. Et pour ta sœur. Je vais vous mettre en page couverture de *Vamp*.

Sophia laissa échapper un cri d'excitation ; Ivy semblait trop étonnée pour pouvoir dire quoi que ce soit. Georgia Huntingdon passa à côté d'elle et se dirigea vers Olivia. Elle lui tendit une main fraîche et ferme.

— Georgia Huntingdon, de la revue *Vamp*.

— Enchantée, répliqua Olivia en lui serrant la main.

— Est-ce que l'expression sur votre visage signifie que vous ne connaissez pas la revue *Vamp* ? demanda Georgia.

Olivia fit signe que non.

— Nous sommes une revue mensuelle de haute couture et notre clientèle cible est la vaaaaaa…

« Les vampires ! » se dit Olivia.

— …riété de leaders de la mode gothique, termina Georgia avec un sourire malin.

Elle scruta attentivement le visage d'Olivia, comme si elle essayait de déterminer si cette dernière avait remarqué sa gaffe.

Olivia décida de jouer le jeu puisque personne n'était censé savoir qu'elle connaissait le secret des vampires.

— Je suis désolée, mais je ne lis pas votre revue, dit-elle en se retroussant le nez. Je n'aime pas vraiment le *heavy metal*.

Georgia rit aux éclats.

— Chaaaaaaarmante, déclara-t-elle.

Olivia et Ivy s'échangèrent un regard et Ivy hocha la tête en guise d'approbation. Il semblait que Georgia ait gobé son semblant d'innocence.

— Je suis certaine que ça ne dérangera pas ton père si je fais une séance photo ici tout de suite ? déclara Georgia à l'intention d'Ivy de façon mi-interrogative, mi-déclarative tout en regardant autour du vestibule. Ce ne serait pas la première fois que l'on prend des photos dans cette maison.

Ivy, muette de surprise, haussa les épaules.

— Excellent! s'exclama Georgia. Alors, commençons!

Elle ouvrit la porte d'entrée.

— Kitty! Kong! appela-t-elle.

Une femme pâle vêtue d'un complet foncé et portant des lunettes angulaires apparut sur le pas de la porte, une planche à pince à la main. Elle entra et évalua la salle, saluant tout le monde silencieusement avec un sourire professionnel.

«Ça doit être Kitty», se dit Olivia.

Derrière Kitty, un homme chauve aux muscles énormes et vêtu d'un chandail noir serré apparut à son tour, les bras chargés d'équipement photographique.

«Et ça doit être Kong!»

Georgia fit signe aux filles de s'approcher tandis que Kitty et Kong commençaient à courir dans tous les sens.

— Je suis désolée pour le délai si court, mais nous avons un échéancier trrrrrès serré, dit-elle. La revue sort mercredi et je viens tout juste de prendre connaissance de votre histoire, qui est beaucoup trop importante pour attendre le prochain numéro. N'est-ce pas ?

Soudain, elle aperçut Sophia.

— Qui es-tu ? Une trrrriplée ? dit-elle en roulant impitoyablement son « r ».

Puis, elle rit à gorge déployée.

— Je m'appelle Sophia Hewitt, répondit-elle en prenant fermement la main de Georgia. En tant qu'apprentie photographe, je suis une vraie mordue de votre revue, mademoiselle Huntingdon.

— Ah oui ? dit Georgia. Alors, tu aimerais peut-être être l'assistante de Kong aujourd'hui ?

Sophia tenta d'articuler une réponse, mais tout ce qu'elle put faire fut de se tortiller d'excitation. On aurait dit qu'elle avait été transformée en méduse.

— Vas-y, dit Georgia en souriant et en lui faisant signe de rejoindre le photographe musclé qui déballait des lumières de l'autre côté de la salle.

Pendant que Sophia s'éloignait en direction de Kong, Kitty apparut, poussant une énorme tringle remplie de vêtements de chaque main — une première pleine de robes aux couleurs sombres et chatoyantes et une autre remplie d'habits aux couleurs plus pâles et vives. Olivia remarqua immédiatement, sur la deuxième tringle, une robe en satin ivoire sans manches, au col drapé, dans le même style que celle que Marilyn Monroe portait. Elle étendit le bras pour regarder l'étiquette.

— Est-ce que c'est une vraie *Margot Chenille* ? s'écria-t-elle.

— Bien sûr ! s'exclama Georgia.

Ivy palpa une robe garçonne en paillettes bordée de franges.

— Comment saurons-nous si tous ces vêtements nous font ?

— Tout vous fera, répondit Georgia avec un air confiant, parce que Kitty a choisi uniquement les dernières tendances dans votre taille.

Olivia et Ivy s'échangèrent des regards excités. Olivia sentait que sa sœur était nerveuse en raison de toute cette attention, comme d'habitude, mais toutes deux étaient des accros absolues de la mode.

Pour la première pose, Kitty avait drapé un long morceau de soie pâle sur une longue chaise, dans l'antichambre, afin de créer un effet dramatique. Après consultation avec Kong, Sophia l'aida à choisir les vêtements des sœurs. Pour Olivia, ils choisirent une robe cocktail rose vif de *Coco Loco* dont le haut sans manches était ajusté et, pour Ivy, leur choix s'arrêta sur une création bleu nuit à une épaule de *Before Dawn*.

« C'est trop amusant ! » se dit Olivia en marchant doucement vers la chaise avec des talons super hauts spécialement choisis pour elle.

— Olivia ! fit la voix grave de Kong derrière la caméra. Je veux que tu fasses semblant de souffler la plus grosse bulle de gomme balloune de ta vie.

Olivia se gonfla les joues et s'écarquilla les yeux.

— Plus gros ! commanda Kong. Plus gros encore !

Olivia pensait que son visage allait exploser.

— Maintenant, Ivy, fais semblant d'éclater la bulle de ta sœur, lui demanda Kong.

— Ouiiiiiii !

Olivia entendit l'approbation de Georgia alors que le flash de Kong commençait à crépiter.

Après quelques minutes de prises de vues, Georgia applaudit vivement.

— La caméra vous adoooooooooooore, dit-elle. C'est l'heure de la prochaine tenue! conclut-elle en leur faisant signe d'aller se changer.

Olivia et Ivy enfilèrent ensuite des robes ajustées et assorties en satin; une blanche pour Olivia et une noire pour Ivy. Les robes étaient étagées de façon véritablement spectaculaire, comme si on enlevait des couches au fur et à mesure que l'on montait le long du corps, partant d'un amas de tissu au bas de la robe pour en arriver à une mince couche d'étoffe au haut de celle-ci. Ivy était splendide.

« J'imagine que, puisque nous sommes de vraies jumelles, songea joyeusement Olivia, je suis splendide aussi ! »

Georgia les dirigea vers une alcôve près de l'entrée où se trouvait un piano à queue.

— Nous ne pourrions avoir une toile de fond plus parfaite ! s'enthousiasma-t-elle. La légende indiquera : « Ivy et Olivia, ébène et ivoire, font de la musique ensemble ! »

Sophia demanda à Ivy de prendre place au clavier, et Kong demanda à Olivia d'enlever ses chaussures et de s'asseoir sur le dessus du piano.

Kong demanda à Olivia de prendre la pose d'une chanteuse de cabaret et à Ivy de faire semblant de jouer. Elles terminèrent toutes deux debout sur le piano, leurs talons hauts dans les mains, criant les paroles de la chanson *I Wear My Sunglasses at Night*. Georgia et son équipe avaient l'air on ne peut plus enchantés.

Puis, Olivia revêtit une luxuriante robe de bal en satin bourgogne tandis qu'Ivy enfilait une robe d'un vert foncé dont la traîne s'étendait sur le plancher de pierre. Elles prirent des photos près de l'un des balustres qui se trouvaient au bas de l'escalier principal. Olivia se sentait comme l'un des personnages des romans *Comte Vira* qu'elle aimait tant.

Kong tendit son appareil à Sophia pour qu'elle puisse prendre des photos.

— Plus dramatique! Plus de passion! encouragea Sophia.

Ivy se tenait debout à côté d'Olivia, sur la marche du bas, une main sur le balustre et l'autre sur la hanche, tandis qu'Olivia essayait de mettre ses pommettes en valeur pour la caméra.

Après que Sophia eût redonné la caméra à Kong, Olivia l'aperçut en train de chuchoter quelque chose dans son oreille. Ce dernier fit signe à Georgia de s'approcher, et Sophia continua à chuchoter avec eux. La tête chauve de Kong bougeait rapidement de haut en bas avec enthousiasme.

— Jeune fille, dit enfin Georgia, lorsque tu seras en âge de travailler, appelle-moi!

Puis, elle se retourna.

— Kitty! appela-t-elle. Je veux que ces filles soient complètement démaquillées.

Lorsque leur visage fut complètement propre, Kitty demanda à Olivia et à Ivy de la suivre dans la salle de bain des invités située au deuxième étage. Olivia pensait que c'était pour qu'elles se changent une fois de plus, mais, une fois arrivée, elle vit que Kong et Sophia étaient en train d'installer des lumières.

Sophia s'approcha.

— Ça va être mortel, lui dit-elle.

Elle fit un signe vers un grand miroir ovale richement orné appuyé contre l'un des murs.

— Nous allons vous prendre en photo comme si vous vous regardiez dans le miroir, sauf que l'appareil n'apparaîtra pas dans l'image.

— Tu peux faire ça? lui demanda Ivy avec émerveillement.

— Je l'ai lu dans un livre, lui dit Sophia à voix basse. Il faut que l'angle soit parfait.

Quelques minutes plus tard, Olivia et Ivy prenaient la pose, l'une à côté de l'autre, Olivia vêtue d'une simple et courte robe blanche, et Ivy vêtue d'une robe tout à fait semblable, mais noire. Olivia fixait leur reflet. Leur teint était différent, bien sûr, et la couleur de leurs yeux aussi, mais, à tout autre égard, elles étaient, eh bien… *identiques.*

— Olivia? murmura Ivy.

— Oui? dit Olivia en essayant de ne pas défaire la pose que Kong venait d'orchestrer avec tant de soin.

— Je croyais voir mon reflet, lui chuchota Ivy, mais c'était toi!

CHAPITRE 7

Une petite fille aux longs cheveux noirs arborant des moustaches dessinées sur le visage ouvrit la porte de la demeure de Brendan et cria à tue-tête :

— La sœur d'Ivy est ici !!!

Puis, elle saisit la main d'Olivia et l'entraîna rapidement à l'intérieur.

— Veux-tu voir ma chambre ?

— Euh…, dit Olivia en parcourant la pièce du regard, est-ce que Brendan est à la maison ?

— Sa chambre est ennuyante, soupira la petite fille en levant les yeux au ciel. Viens ! dit-elle en entraînant Olivia vers les escaliers.

— Comment t'appelles-tu ? demanda Olivia.

— Je suis Bethany, déclara la petite fille. J'ai sept ans, mais je suis très mature.

Bethany ouvrit une porte sur laquelle se trouvait une affiche qui disait *Ne pas exposer au soleil*.

— Alors, tu es une meneuse de claque ? demanda Bethany.

Olivia fit signe que oui.

— Je trouve les meneuses de claques mortelles. Regarde ! dit-elle en s'agenouillant devant une maison de poupées noire.

Elle introduisit sa main dans une salle de bain miniature et en ressortit une poupée Barbie qui avait des pompons rouges collés sur ses mains.

— Est-ce que tu l'aimes ? Elle vit dans le bain.

Olivia rit et enleva sa veste.

— Est-ce qu'elle connaît des cris ?

Bethany fit signe que oui et commença à faire sautiller sa poupée sur le sol.

— En haut, en bas ! Le saut du lapin, c'est extra !

Olivia imita le son d'une foule en délire.

Bethany ricana, puis elle demanda :

— Est-ce que tu viendras jouer avec moi quand Ivy sera partie ?

Olivia sentit une douleur intense au niveau du cœur. Elle fit silencieusement signe que oui.

Bethany fit un sourire reconnaissant tout en fixant des yeux la poupée à laquelle elle faisait faire des pirouettes.

— Ivy va me manquer, dit-elle doucement.

— À moi aussi, chuchota Olivia.

— Te voici ! annonça une voix familière.

Olivia leva les yeux et vit Ivy sur le seuil de la porte.

— Tout le monde t'attend dans la cuisine, lui dit Ivy.

— Hé, Bethany ! dit-elle. Tu veux faire l'araignée ?

— Oui ! cria Bethany.

Elle courut vers Ivy, se retourna, mit ses mains sur le sol et leva ses jambes dans les airs. Ivy les attrapa et dirigea la petite fille dans les marches, comme une brouette, tandis qu'Olivia les suivait.

— Est-ce qu'Olivia t'a dit qu'on va être dans *Vamp* ? demanda Ivy.

— Pas vrai ! cria Bethany en décollant une main du sol et en se tortillant pour regarder les sœurs.

— C'est vrai ! confirma Olivia. Nous pourrons en signer un exemplaire pour toi !

Bethany cria de joie et se retourna.

Lorsqu'elles entrèrent dans la cuisine, un homme d'âge mûr avec des cheveux gris en bataille et des lunettes rondes se précipita à leur rencontre.

— Tu dois être Olivia, dit-il avec excitation.

Son regard se promenait d'Olivia à Ivy. Pendant un instant, monsieur Daniels sembla complètement plongé dans ses propres pensées. Brendan s'approcha et fit un câlin à Olivia.

Son père s'approcha à son tour et regarda dans l'oreille de celle-ci.

— Inconcevable, murmura-t-il.

— Papa ? dit Brendan d'une voix gênée, ramenant monsieur Daniels à lui-même.

— Ah oui ! lança le père de Brendan. Je veux dire, oui, inconcevable à quel point toi et Ivy vous vous ressemblez.

Il enleva ses lunettes et les nettoya avec sa chemise.

— Ce n'est pas que ce soit étonnant que des jumelles se ressemblent, mais plutôt que vous soyez si différentes.

Il fit un rire gêné.

— Mais pas *trop* différentes. Ma foi…

Il arrêta soudainement de parler et remit ses lunettes.

Olivia voyait que monsieur Daniels essayait désespérément de ne rien révéler à propos des vampires, alors elle se contenta de hocher la tête comme si elle n'avait aucune idée de ce dont il parlait.

Une femme vêtue d'une blouse grise rayée et de pantalons noirs fit un sourire chaleureux à Olivia.

— Mon mari essaie de dire que ça lui fait très plaisir de te rencontrer, dit-elle en s'approchant pour embrasser Olivia sur la joue. Je suis la mère de Brendan.

Elle tendit les pinces à barbecue à son mari.

— Nous allons faire du barbecue à l'extérieur, expliqua-t-elle. Mais ne t'inquiète pas, nous mangerons à l'intérieur.

Quelques instants plus tard, monsieur Daniels, maintenant vêtu d'un tablier et tenant fermement les pinces à barbecue dans ses mains, s'arrêta près d'Olivia et d'Ivy à la table de la cuisine.

— Alors, Olivia, dit-il en essayant d'adopter un ton léger, quels sont tes aliments préférés?

— Le tofu, répondit-elle.

— Eurk! cria Bethany de là où elle se trouvait, assise sur le sol avec Brendan, jouant avec de petits éléphants.

— Inconcevable, murmura encore monsieur Daniels.

Ses yeux se posèrent sur son épaule.

— Mmh, fit-il distraitement en prenant un cheveu qui était tombé sur la chemise d'Olivia.

À ce moment précis, madame Daniels arriva avec de la limonade rose. Tandis qu'Olivia en prenait un verre, elle vit monsieur Daniels déposer soigneusement le cheveu dans la poche de sa chemise.

« Je parierais qu'il va analyser mon ADN, se dit Olivia, un peu troublée. Mais j'imagine qu'un seul cheveu ne peut pas faire de tort. »

Monsieur Daniels sortit pour cuisiner, laissant la porte ouverte derrière lui, histoire de pouvoir participer à la conversation de l'extérieur.

— Alors, dit madame Daniels à Ivy et à Olivia, racontez-moi comment s'est passée votre toute première rencontre.

— C'était surréaliste, répondirent les sœurs à l'unisson.

Madame Daniels hocha la tête comme si elle comprenait. Elle échangea des regards avec son mari.

— Vous avez sûrement eu envie de partager tous vos secrets sur-le-champ.

Ivy lança un regard paranoïaque à Olivia, visiblement inquiète que les Daniels les aient démasquées. Olivia examina les visages des parents de Brendan : madame Daniels avait l'air si compatissante et monsieur Daniels, si emballé.

«Ils veulent parler ouvertement, songea Olivia, tout comme nous.»

Elle lança un regard interrogateur à Ivy, mais sa sœur lui répondit par un vif hochement de tête.

Soudain, Bethany s'approcha des sœurs en tourbillonnant comme une toupie.

— Je ne peux pas croire que vous allez être dans la revue *Vamp*! cria-t-elle. Avec tous les vampires les plus célèbres de la planète!

Madame Daniels inspira brusquement et, à l'extérieur, sur le patio, on entendit les pinces de monsieur Daniels tomber sur le sol avec fracas. Ivy eut l'air totalement paniquée et Bethany figea soudainement, en plein milieu de son tourbillon, se rendant soudainement compte de ce qu'elle venait de dire.

— Oups! cria-t-elle.

— Tu ne voulais pas vraiment dire « vampires », interrompit rapidement madame Daniels, n'est-ce pas ma chérie? C'était juste ton petit jeu.

— T-Toute une imagination, bégaya monsieur Daniels en revenant à l'intérieur.

Tout d'un coup, Bethany commença à pleurer, ses larmes effaçant sa fausse moustache.

— Est-ce que je vais être condamnée? sanglota-t-elle.

Madame Daniels se pencha pour la réconforter tandis que tous les autres convives détournaient le regard. Olivia se sentait *très mal*. Bethany allait évidemment être traumatisée à vie si Olivia ne faisait rien. Elle s'approcha doucement et prit la main de la petite fille.

— Il n'y a pas de vampires, je le jure! sanglota Bethany en secouant la tête frénétiquement, son visage mouillé de larmes.

— Bethany, ça va aller, dit gentiment Olivia. Je le savais déjà.

«On est mortes!» songea Ivy.

Elle sentit une boule se former dans son estomac tandis qu'elle attendait anxieusement de voir une expression d'horreur s'afficher sur les visages des parents de Brendan. Toutefois, rien de tel ne se produisit. Monsieur et madame Daniels s'échangèrent plutôt un regard complice, et ce dernier se pencha vers sa fille.

— Ma petite alouette, dit-il, tu ne dois jamais, jamais parler des vampires.

Il lança un regard vers Olivia.

— Surtout quand tu n'es pas certaine que les personnes autour de nous en sont. Est-ce que tu comprends?

Bethany fit signe que oui et essuya son nez sur sa manche.

Monsieur et madame Daniels se retournèrent vers Ivy.

«Les parents de Brendan vont me détester à tout jamais!» se dit-elle.

— Je ne voulais pas enfreindre la première Loi de la nuit, lança-t-elle.

— Bien sûr que tu ne le voulais pas, dit madame Daniels. Mais comment aurais-tu pu faire autrement? Après tout, Olivia est ta jumelle.

Brendan s'approcha d'Ivy et lui serra l'épaule en signe de soutien.

— Ceci est un cas exceptionnel, convint monsieur Daniels.

Ivy sentit un grand soulagement, comme lorsqu'on se met finalement à l'ombre après avoir longtemps marché sous un soleil brûlant.

— Te souviens-tu de la dernière fois où un humain a été mis au courant, Marc ? demanda madame Daniels.

— Je croyais être la première de toutes, dit Olivia avec un brin de nervosité.

— C'est très rare, consentit monsieur Daniels, mais une poignée d'humains connaissent tout de même notre secret.

— Il faut dire qu'il fut un temps où toute personne qui découvrait l'existence des vampires était tuée, dit madame Daniels.

Ivy vit sa sœur pâlir.

— Mais les choses ont changé maintenant, ajouta rapidement la mère de Brendan.

— Que s'est-il passé la dernière fois ? demanda Ivy.

— Il s'appelait Karl Lazar, dit monsieur Daniels en caressant son menton.

L'histoire avait fait tout un scandale dans les journaux noirs, car il était le fils d'un comte vampire. Et Karl n'avait pas seulement enfreint la première Loi de la nuit. Il avait aussi enfreint la deuxième Loi de la nuit.

— Tomber en amour avec un humain, éclaircit madame Daniels.

« C'est ce qui a dû se passer avec nos parents », se dit Ivy.

— Eurk! s'exclama la petite Bethany.

— Et qu'est-ce qui lui est arrivé? demanda Ivy, inquiète.

— Le clan Lazar était très séparatiste, raconta monsieur Daniels. C'était la pire des situations possibles.

Ivy songea à son père et à son refus de rencontrer Olivia.

— Karl a fini par vivre en exil avec sa partenaire humaine. Il a été complètement isolé de sa communauté et de sa famille, conclut madame Daniels.

Ivy eut l'impression qu'une minuscule pierre était tombée dans son estomac et en avait frappé le fond.

« Est-ce que je vais finir comme ça? Bannie à cause de ma relation avec ma sœur? » songea-t-elle.

Madame Daniels regarda tendrement ses enfants.

— Je ne sais pas comment un parent pourrait se séparer de son enfant comme ça.

Quelques minutes plus tard, monsieur Daniels fit discrètement signe à Ivy de le rejoindre au barbecue, et elle s'y précipita. Il retourna les steaks et pointa ses pinces en direction d'un disque brun peu appétissant situé dans l'un des coins de la grille.

— As-tu une idée de la façon dont on doit faire cuire un hamburger végétarien ? demanda-t-il à voix basse.

Ivy haussa les épaules comme pour s'excuser.

— Ce que les humains peuvent trouver appétissant, murmura monsieur Daniels, est tout à fait inconcevable !

La fumée qui s'élevait autour de sa tête donnait l'impression que sa sauvage tignasse était encore plus grosse qu'à l'habitude.

— Olivia et moi avons consulté vos rapports de recherche en ligne, lui dit Ivy. Pensez-vous vraiment qu'il est impossible pour un vampire et un humain d'avoir des enfants ?

Les flammes du barbecue vacillèrent dans le reflet des lunettes de monsieur Daniels.

— C'est *exactement* pour ça que je vous trouve si extraordinaires, dit-il. La science est l'étude empirique de l'évidence. Elle consiste en ce que nous pouvons prouver physiquement. Et l'existence de jumelles, l'une vampire et l'autre humaine, est indéniablement une preuve physique. Je ne suis pas certain de savoir ce que vous prouvez exactement, mais nous allons le découvrir !

Il saisit une fourchette à côté du barbecue et piqua le hamburger végétarien.

— Imagine que ceci est de l'ADN humain, l'élément constitutif de base de la vie humaine, dit-il.

De l'autre main, il ramassa un énorme steak avec ses pinces.

— Et que ceci est de l'ADN vampirique, l'essence même de notre existence. Mes recherches tendent à prouver qu'ils ne sont pas compatibles, dit-il en lançant les deux aliments sur le barbecue, faisant s'embraser les flammes. Mais nous avons peut-être oublié quelque chose.

Il soupira pensivement.

— Peut-être, continua-t-il, que la structure hélicoïdale de l'ADN humain peut s'entrelacer avec la structure hélicoïdale de *notre* ADN.

Il commença à débiter une multitude d'hypothèses. Ivy n'avait aucune idée de ce dont il parlait, mais le nuage de fumée qui s'était formé autour de sa tête devenait de plus en plus gros.

— Marc, appela madame Daniels de la cuisine, est-ce que quelque chose est en train de brûler ?

Ivy et monsieur Daniels regardèrent le barbecue, et ce dernier retourna tous les morceaux de viande en vitesse.

— J'aimerais vous inviter, Olivia et toi, à venir chez V-Gen, dit-il. Mes collègues seraient très excités de vous rencontrer. Bien entendu, continua-t-il à voix basse, tu devrais probablement faire semblant qu'Olivia n'est pas au courant pour les vampires. Nous ne savons pas ce que l'ASHH penserait de ça.

— C'est quoi l'ASHH ? demanda Ivy en faisant signe à Olivia de s'approcher.

— C'est l'Agence pour la sécurité des hybrides humains, expliqua monsieur Daniels.

— Ça a l'air sinistre, déclara Ivy.

— Il y a toujours eu des légendes dans la communauté des vampires au sujet des résultats horrifiques qui surviennent lorsqu'un humain et un vampire se reproduisent, dit le père de Brendan.

— Comme quand j'avais quatre têtes ? interrompit Olivia.

Le père de Brendan n'en croyait pas ses oreilles.

— Elle blague, expliqua Ivy.

— Ah, évidemment, dit monsieur Daniels d'un air penaud. En tout cas, ça a été une source importante de paranoïa pour notre communauté ; les vampires ont terriblement peur qu'un humain et un vampire produisent un genre de monstre, ce qui pourrait avoir pour conséquence de révéler notre existence. C'est pourquoi l'ASHH a été créée par la Table ronde des vampires afin d'enquêter sur tout signalement de relations entre vampires et humains. C'est totalement absurde, bien sûr, mais l'ASHH examine chacun des gros titres de tabloïdes parlant de progénitures hybrides difformes. Ça les tient plutôt occupés comme vous pouvez l'imaginer.

— Ont-ils déjà trouvé de véritables hybrides? demanda Ivy.

« C'est peut-être ce que nous sommes, Olivia et moi », songea-t-elle en frissonnant.

— Pas un seul, répondit monsieur Daniels. Personnellement, je ne crois pas que l'ASHH vaille vraiment ce qu'elle coûte en entretien, mais je fais malheureusement partie de la minorité. Et, en tous les cas, l'agence fait *quelques* bonnes choses — dont financer quelques projets de V-Gen, dit-il, puis il se pencha vers les filles. Ça aide que les bureaux de l'agence soient situés dans notre édifice, mais ils ont un peu trop tendance à fourrer leur nez dans nos affaires à mon goût.

— Croyez-vous qu'ils ont un dossier sur nous? demanda Ivy d'un ton inquiet.

Olivia hocha la tête comme si elle aussi avait été sur le point de poser la question.

— S'ils n'en ont pas déjà un, dit le père de Brendan, j'imagine qu'ils en auront un bientôt. Mais ne vous en faites pas, ajouta-t-il en voyant la réaction d'Ivy et d'Olivia. Depuis que le fait que vous êtes jumelles est devenu largement connu du public, l'ASHH n'osera plus vous kidnapper pour vous étudier.

« Je ne sais pas pourquoi, se dit Ivy, mais ça ne me réconforte pas du tout. »

— Euh, monsieur Daniels ? dit Olivia en montrant du doigt le barbecue.

Il ramassa rapidement le hamburger végétarien d'Olivia — maintenant calciné et fumant — et le leva dans les airs avec ses pinces.

— Penses-tu qu'il est prêt ?

La mère d'Olivia avait prévu passer la récupérer chez Ivy un peu plus tard, alors sa sœur et elle décidèrent de regagner le domicile d'Ivy à la marche. Elles ne dirent pas grand-chose pendant une bonne partie du trajet ; Olivia était perdue dans ses pensées, imaginant comment serait la vie avec des parents vampires. Les Daniels étaient les premiers adultes vampires avec lesquels elle avait pu passer un peu de temps. À bien des égards, ils étaient exactement comme des parents normaux, sauf qu'ils semblaient être beaucoup plus… conscients de certaines choses.

Tandis qu'elles montaient la longue entrée bordée d'arbres nus, Ivy fit claquer sa langue en réfléchissant.

— À quoi penses-tu? demanda Olivia.

— À l'ASHH, répondit Ivy. Et au fait que c'est peut-être à cause d'eux qu'il n'y a aucune trace de mon adoption. Ils l'ont peut-être dissimulée.

— Mais pourquoi?

— Peut-être qu'ils voulaient cacher ma connexion avec une sœur humaine, dit Ivy en débarrant la porte d'entrée. Ils ont peut-être même orchestré notre séparation dès le tout début.

Olivia en eut des frissons. Ses yeux s'ajustèrent tranquillement à la faible luminosité du vestibule tandis que sa sœur se dirigeait déjà vers le salon. Elle se dépêcha pour la rattraper.

Ivy avait tout juste dépassé l'arche lorsqu'elle s'arrêta brusquement; Olivia, surprise, fonça directement sur elle. Elle put voir, par-dessus l'épaule de sa sœur, le dos d'un spectre vêtu de noir, debout au beau milieu du salon.

«C'est l'ASHH!» se dit Olivia.

L'homme se retourna et regarda les filles d'un air sévère.

— Bonjour, papa, dit Ivy.

Le père d'Ivy resta muet ; il ne les salua même pas. Finalement, Ivy le présenta :

— Olivia, voici mon père.

Olivia le rejoignit en sautillant.

— Je suis très contente de vous rencontrer enfin ! dit-elle, mais Ivy voyait bien que son père serrait les dents.

Il força un sourire tout en évitant le regard d'Olivia, et lui serra la main très brièvement avant de la relâcher. On aurait dit qu'il ne voulait même pas la toucher.

Le sang d'Ivy se mit à bouillonner dans ses veines.

« Je ne peux pas croire qu'il soit si plein de préjugés ! » se dit-elle.

Tous trois se fixèrent du regard jusqu'à ce qu'Ivy ne puisse plus le supporter.

— Est-ce qu'Olivia et moi pouvons aller sur Internet ? demanda-t-elle.

— Non, répondit son père. J'ai besoin de l'ordinateur pour travailler.

— Ce ne sera pas long, protesta Ivy. Olivia doit rentrer chez elle bientôt de toute façon.

— J'ai beaucoup de préparation à faire avant notre déménagement, Ivy, répondit-il sèchement.

Soudain, la vue d'Ivy s'embrouilla.

— Je me fiche du déménagement! hurla-t-elle. C'est Olivia qui compte pour moi. Ma sœur compte pour moi — au contraire de *toi*!

Le visage de son père se transforma et, pour la première fois, il lança un regard vers Olivia.

— Ivy... commença-t-il.

— Mes *vrais* parents comptent pour moi! hurla Ivy.

Accablé, son père recula d'un pas chancelant, s'appuyant contre le divan afin de garder l'équilibre.

— Désolée de vous avoir dérangé, dit tristement Olivia à monsieur Vega alors qu'Ivy saisissait sa main et l'entraînait à l'extérieur du salon d'un pas lourd.

CHAPITRE 8

Le lendemain, à l'heure du déjeuner, Ivy aperçut sa sœur de l'autre côté de la cafétéria, et elle s'essuya les yeux avec une serviette de table. Elle venait de raconter la dispute qu'elle avait eue avec son père à Sophia et à Brendan.

— Comment vas-tu ? demanda doucement Olivia.

Ivy haussa les épaules.

— Ça irait mieux si mon père n'était pas si borné.

Elle poussa son sac pour faire une place à sa sœur.

— Je ne comprends pas, dit Sophia. Charles Vega a toujours été le père vampire que tout le monde rêvait d'avoir.

Brendan acquiesça.

— Soyez francs, dit Ivy en levant les yeux au ciel, il n'a jamais aimé les humains.

— Tu te souviens de la fois où il a décoré la maison de cette humaine à Los Angeles ? lui rappela Sophia. Ça n'a pas eu l'air de le déranger du tout.

— C'était juste une cliente, dit Ivy en secouant la tête. En tout cas, dit-elle en changeant de sujet, j'ai consulté le VVV hier soir pour voir si je pouvais accéder aux fichiers de l'ASHH.

Olivia se redressa, excitée.

— Et puis ?

— Je ne pouvais pas. Si nous voulons avoir des informations, nous devrons aller nous-mêmes aux bureaux de l'ASHH.

— Tu penses qu'on pourra leur demander notre dossier juste comme ça ? questionna Olivia.

— Je ne pensais pas vraiment leur demander la permission, dit Ivy avec un sourire malin. J'avais plutôt pensé à entrer discrètement et à fouiller.

Brendan recracha sa gorgée de jus de canneberge dans son verre.

— Méchante Ivy, dit Sophia en agitant un doigt vers elle pour la taquiner. Très méchante Ivy !

Olivia se pencha vers l'avant.

— Est-ce qu'on pourrait vraiment faire ça? demanda-t-elle à voix basse.

— Le père de Brendan nous a invitées aux bureaux de V-Gen, expliqua Ivy, et tous deux sont situés dans le même édifice. Alors, nous avons déjà une excuse pour entrer et sortir du complexe. Il ne nous reste plus qu'à trouver une distraction, dit-elle en passant son bras autour de Brendan et en lui caressant l'épaule, qui nous permettra d'entrer et de sortir des bureaux de l'ASHH sans se faire remarquer.

Brendan fronça les sourcils.

— Est-ce que « distraction » est un nom de code pour « petit ami » ?

Ivy sourit.

— Peut-être.

— Eh bien, ça promet, fit Brendan en levant les yeux au ciel de façon comique.

— Que pensez-vous de cet après-midi, après l'école ? proposa Ivy en jetant un regard complice à l'intention d'Olivia.

— Il faut battre le fer pendant qu'il est encore chaud, convint-elle.

Brendan hocha la tête en approuvant.

— Et moi ? interpella Sophia. Qu'est-ce que je peux faire ?

— Quelqu'un doit rester ici pour raconter notre histoire, lui expliqua Ivy, au cas
où certaines personnes nous enlèveraient.

— Tu blagues là? dit Sophia.

Un frisson parcourut le corps d'Ivy.

— Je l'espère, répondit-elle.

Après l'école, Olivia, Ivy et Brendan prirent
l'autobus en direction du complexe où se
trouvait le bureau du père de Brendan ; ce
dernier l'avait appelé pour l'aviser de leur
arrivée. Olivia, pour sa part, avait appelé
sa mère pour lui expliquer qu'elle faisait
un projet de recherche avec Ivy, ce qui, en
fait, était plutôt vrai. Quant à Ivy, elle avait
décidé de ne plus parler à son père ; elle ne
lui dit donc rien.

Au bout d'un moment, les trois acolytes étaient rendus les seuls passagers de
l'autobus, et tout ce qu'Olivia pouvait voir à
travers les fenêtres était une succession de
tours à bureaux alignées contre le ciel gris
hivernal.

Arrivé à l'extrémité d'un cul-de-sac, le
conducteur annonça :

— Terminus, Pentagram Court.

Olivia descendit de l'autobus en sautillant et se retrouva devant un immense
édifice en verre noir, brillant sous le
soleil comme une pierre précieuse. Il était
entouré d'une barrière de sécurité, et l'autobus les avait débarqués directement devant
un poste de garde.

— Puis-je vous être utile ? demanda un
gardien au teint pâle.

— Nous sommes ici pour rencontrer
Marc Daniels de chez V-Gen, annonça
Brendan.

Olivia leva les yeux et aperçut une
caméra de sécurité au-dessus de la barrière, dirigée vers elle. Elle se déplaçait
d'un pied à l'autre, mal à l'aise, tandis que
la caméra la scrutait de haut en bas, obser-
vant sa veste rose en velours côtelé et ses
espadrilles de meneuse de claque, tout en
émettant un bourdonnement.

— Pas de civils permis, dit froidement
le gardien.

— Il nous attend *tous*, lui répliqua fermement Brendan.

Le gardien n'avait pas l'air convaincu.

— Vos noms ?

— Brendan, Ivy et Olivia, répondit
Brendan.

Le gardien disparut dans sa guérite. À travers la vitre, Olivia pouvait le voir parler au téléphone. Après avoir raccroché, il ouvrit la fenêtre et leur tendit trois laissez-passer de visiteurs. La barrière s'ouvrit avec un cliquetis métallique tandis qu'ils enfilaient les laissez-passer autour de leur cou.

Monsieur Daniels, vêtu d'un sarrau blanc, les attendait dans l'énorme hall d'entrée en marbre noir.

— Ivy, Olivia! dit-il chaleureusement en leur serrant la main et en faisant un bref câlin à Brendan. Je suis content que vous ayez pu venir si rapidement!

Tandis qu'ils attendaient l'ascenseur, Ivy poussa le bras d'Olivia et fit un signe de tête en direction du répertoire des bureaux de l'édifice qui était accroché au mur. Les yeux d'Olivia scrutèrent l'écriteau et trouvèrent immédiatement ce que ceux de sa sœur avaient vu :

ASHH	2A
V-GEN	2C

« Le laboratoire du père de Brendan et l'ASHH sont au même étage! se dit Olivia. C'est parfait! »

Lorsque les portes de l'ascenseur s'ouvrirent sur le deuxième étage, Ivy, Olivia et Brendan suivirent monsieur Daniels vers la gauche, et Olivia profita de l'occasion pour jeter un regard vers l'arrière. Là, à l'autre bout du corridor, derrière une immense plante, se trouvait un mur sombre où le sigle *ASHH* était inscrit en grosses lettres lumineuses. Une porte se trouvait à côté de ces lettres et, à côté de cette porte, se trouvait le plus grand gardien de sécurité qu'Olivia ait vu de toute sa vie, manipulant distraitement un talkie-walkie.

Monsieur Daniels poursuivit son chemin jusqu'au bout du corridor où une enseigne brillante affichait V-GEN PHARMACEUTIQUE. Il tourna à gauche et s'arrêta devant une porte en acier inoxydable.

Il l'ouvrit et dirigea ses invités vers un énorme laboratoire rempli de consoles clignotantes et d'équipement mystérieux. Plusieurs personnes, toutes vêtues de sarraus blancs, étaient penchées au-dessus d'une table, argumentant à voix basse tout en consultant divers documents.

— Mais comment a-t-elle pu survivre à la transition hémoglobinique? entendit Olivia.

Monsieur Daniels se racla la gorge bruyamment et la conversation s'arrêta brusquement. L'une des personnes du groupe, une femme coiffée d'un chignon, essaya de retourner discrètement les feuilles sur la table.

— Techniciens de laboratoire, voici Ivy Vega, annonça monsieur Daniels tandis qu'ils se levaient. Et voici sa jumelle, Olivia Abbott.

Pendant un instant, les scientifiques les fixèrent en silence. Puis, l'un d'eux commença à applaudir, et tous les autres firent de même.

Olivia souriait tandis qu'Ivy se dandinait, comme d'habitude, mal à l'aise à l'idée d'être le centre d'attention.

— Je suis quoi moi dans tout ça, du hoummos à l'ail? chuchota Brendan d'un ton sarcastique tandis que les applaudissements cessaient.

— L'occurrence de vrais jumeaux est un phénomène génétique unique qui pourrait nous apprendre beaucoup de choses, commença monsieur Daniels. Ces jeunes femmes ont généreusement consenti à servir de sujet d'observation pour nos expériences.

« Expériences ? » songea nerveusement Olivia.

Les techniciens de laboratoire se mirent à chuchoter entre eux avec excitation.

— Mademoiselle Voxen, veuillez préparer le VMG, demanda monsieur Daniels, et la femme au chignon hocha la tête de façon professionnelle avant de disparaître. Tous les autres, à vos postes de travail.

Sur ces mots, les techniciens s'éparpillèrent dans toutes les directions.

Monsieur Daniels guida les filles le long d'une série d'écrans clignotants où deux techniciens, assis sur des chaises pivotantes, faisaient tourner des cadrans frénétiquement. Lorsqu'Olivia passa à côté d'eux, les techniciens se levèrent brusquement.

— Bienvenue, bienvenue, dirent-ils nerveusement en se dandinant d'un côté et de l'autre.

« Ils essaient de cacher les écrans ! » se dit Olivia.

Monsieur Daniels s'arrêta dans un coin où une chaise en bois massif était placée sur un petit piédestal. En face de celle-ci se trouvait mademoiselle Voxen, debout derrière une console. Des fils partaient dans toutes les directions à partir de la chaise, et un cercle de métal pendait au-dessus de cette dernière, prêt à être déposé sur la tête de quiconque s'y assoirait.

— Olivia, tu peux t'asseoir ici, dit monsieur Daniels d'un air flegmatique en indiquant la chaise de son stylo.

— Vous voulez dire dans la chaise électrique ? croassa Olivia.

— La quoi ? répéta monsieur Daniels en riant. Mais non, c'est juste le VMG.

Olivia lança un regard désespéré à Ivy et à Brendan, mais ils se contentèrent de hausser les épaules.

Elle s'assit en tentant d'afficher une expression brave. Mademoiselle Voxen s'approcha et plaça des électrodes sur ses tempes, dans son cou et au bout de chacun de ses doigts. Puis, elle fixa la bande de métal autour de sa tête.

— Est-ce que ça va faire mal ? demanda Olivia d'une voix tremblante.

— Détendez-vous, répondit mademoiselle Voxen.

« Vous n'avez pas répondu à ma question », songea nerveusement Olivia en regardant mademoiselle Voxen retourner derrière sa console et enfiler d'épais verres fumés.

Puis, monsieur Daniels, Brendan et Ivy firent de même ; ils ressemblaient à un groupe de rappeurs dérangés.

— Début du VMG ? demanda mademoiselle Voxen.

— Débutez, répondit monsieur Daniels.

Olivia était sur le point de tomber en hyperventilation lorsque mademoiselle Voxen étendit son bras derrière elle et tira sur un énorme levier rouge.

Du point de vue d'Olivia, rien ne se passait. Mais monsieur Daniels et mademoiselle Voxen étaient penchés sur la console et chuchotaient fiévreusement en pointant l'écran.

— Est-ce que cet appareil fonctionne ? demanda Olivia.

Monsieur Daniels leva brièvement les yeux.

— C'est une question très intéressante, Olivia.

Elle trouvait que c'était une réponse plutôt étrange jusqu'à ce que le tour d'Ivy arrive. Aussitôt qu'ils eurent allumé l'appareil, ses paupières s'affaissèrent et commencèrent à battre doucement.

— Est-ce qu'elle va bien ? demanda Olivia d'un ton inquiet.

— Bien sûr, elle rêve, expliqua monsieur Daniels.

«Ivy et moi sommes vraiment différentes», se dit Olivia, impressionnée de voir qu'un appareil qui n'avait eu aucun effet sur elle puisse endormir aussi facilement sa sœur.

Lorsqu'ils en eurent fini avec le VMG, monsieur Daniels les dirigea à travers le laboratoire en direction d'une autre station d'analyse. Près du centre du laboratoire, Olivia passa devant une grande boîte de verre, fièrement exposée sur un piédestal. En plissant les yeux, elle put apercevoir deux fils verticaux, bien étirés sur un cadre de métal. Les fils étaient identifiés : *OLIVIA* et *IVY*.

«Ce sont les cheveux que monsieur Daniels a recueillis chez lui! se dit-elle. C'est trop cool!»

Durant l'heure qui suivit, les deux sœurs effectuèrent une série d'analyses. Ni l'une ni l'autre n'avait subi une IRM auparavant; elles durent enfiler une chemise d'hôpital grise qui les couvrait à peine, puis se coucher en restant complètement immobiles dans un énorme tube en aluminium qui émettait des bruits inquiétants.

Olivia pouvait presque entendre la voix de Camilla qui lui disait : « Nous sommes en 2030 et tu es en suspension dans une capsule cryogénique pour ton voyage. »

Elles prirent aussi des radiographies, puis passèrent des tests physiques qui n'avaient franchement rien de juste. Olivia courut environ trois kilomètres sur le tapis roulant avant d'abandonner ; Ivy, elle, n'eut même pas le temps d'avoir chaud.

Enfin, monsieur Daniels ramena les filles là où Brendan les attendait avec leurs sacs, sous un panneau décoloré.

— Je ne pourrai jamais assez vous remercier, dit monsieur Daniels à Olivia et à Ivy. Les résultats des expériences que nous avons faites aujourd'hui pourraient changer complètement la manière dont nous concevons les vrais jumeaux.

Il fit un clin d'œil aux filles.

Dans le laboratoire, les techniciens se promenaient fébrilement en comparant leurs notes.

— Pourrez-vous nous donner les résultats ? demanda avidement Olivia.

Monsieur Daniels haussa les épaules.

— Ça pourrait prendre des mois, voire des années, avant qu'on finisse nos analyses. En génétique, il y a souvent plus de questions que de réponses. Nous aimerions vous revoir pour d'autres analyses dans un an.

« Un an ? pensa Olivia, incrédule. Ivy part dans trois semaines ! »

Sa sœur était visiblement déçue elle aussi.

Brendan se contenta de tousser tout légèrement.

— Je vais vous raccompagner à la sortie, dit monsieur Daniels.

Brendan se leva avec leurs sacs et toussa de plus belle.

— Est-ce que ça va Brendan ? demanda son père.

Brendan fit signe que oui.

— Je suis juste un peu étourdi et j'ai mal au cœur, dit-il enfin.

Puis, il chancela et Olivia vit que ses joues étaient roses.

« Les vampires ne rougissent que lorsqu'ils vont perdre connaissance ! » se souvint-elle.

Les sacs des filles tombèrent sur le sol. Monsieur Daniels bondit vers son fils tandis que les jambes de Brendan cédaient sous son poids.

— Mademoiselle Voxen! Monsieur Azure! appela-t-il en s'efforçant de garder Brendan debout.

Les techniciens se précipitèrent vers eux. En voyant Brendan, la peur les envahit.

— Il a dû être exposé au V-rus! s'exclama monsieur Azure.

— Il présente tous les symptômes, acquiesça mademoiselle Voxen, visiblement paniquée.

— C'est quoi le V-rus? demanda Olivia.

— Ça ne concerne pas ton espèce! cria monsieur Azure avant que mademoiselle Voxen ne lui donne un coup dans les côtes. Je veux dire, bégaya-t-il, ceux qui n'ont jamais eu... euh... la varicelle quand ils étaient enfants.

— Brendan, est-ce que tu m'entends? demanda désespérément son père.

— Papa, répondit Brendan d'une voix lointaine, c'est toi?

— Monsieur Spackle, apportez-moi la trousse de traitement contre le V-rus tout de suite! implora monsieur Daniels d'un ton urgent.

Tandis que Brendan était étendu sur le plancher du laboratoire, Ivy fixait l'affiche accrochée juste au-dessus de l'endroit où il était assis quelques instants auparavant. Il était écrit en grosses lettres rouges et délavées : PRÉVENTION ET DÉTECTION DU V-RUS. SYMPTÔMES : TOUX, ÉTOURDISSEMENTS, ROUGISSEMENT, FAIBLESSE ET NAUSÉES. Elle baissa les yeux vers Brendan, qui était maintenant entouré par une multitude de techniciens de laboratoire. Entre les jambes de ces derniers, leurs yeux se rencontrèrent et Brendan lui fit un clin d'œil.

— Ooooohhhh, gémit Brendan en refermant les yeux.

À côté de son pied, le coin d'un poudrier rose dépassait du sac ouvert d'Olivia, là où il l'avait échappé.

« Il a mis du fard à joues pour se rougir ! » se dit Ivy.

Elle saisit la main d'Olivia.

— Allons-y, chuchota-t-elle en se dirigeant vers la porte.

— Nous ne pouvons pas…, commença Olivia, mais Ivy lui jeta un regard entendu. Oh, d'accord…, murmura-t-elle en suivant sa sœur.

Olivia ferma la porte derrière elle et le vacarme causé par la « maladie » de Brendan se tut. Ivy avança à pas de loup et jeta un coup d'œil rapide pour voir le corridor en entier.

À l'autre bout, le géant gardien solitaire se tenait toujours là, les bras croisés, impassible, près de l'entrée de l'ASHH. Les portes du bureau s'ouvrirent avec un sifflement mécanique, et Ivy recula rapidement. Lentement, en faisant très attention, elle jeta un autre coup d'œil.

Un petit homme chauve vêtu d'un imperméable et d'une cravate noire sortit de l'ASHH.

— Bonne nuit, Frankie, dit-il d'une voix nasillarde. Tout est éteint. Je suis le dernier.

Ivy entendit le gardien émettre un grognement pour toute réponse, et l'homme se dirigea vers les ascenseurs.

Ivy se retourna vers Olivia.

— Le bureau est vide, chuchota-t-elle. Je ne vois pas de clavier numérique ni de fente pour insérer une carte ni quoi que ce soit d'autre. Nous n'avons qu'à éviter le gardien.

— Qui est environ de la même taille que la tour Eiffel ! répliqua Olivia.

— Et nous devons faire vite, ajouta Ivy, sachant que Brendan ne pourrait continuer de duper les autres très longtemps.

Elle regarda une fois de plus dans le corridor afin d'évaluer la situation.

Environ au tiers du chemin, face aux ascenseurs, se trouvait une sortie d'urgence au-dessus de laquelle était écrit *Ouvrir seulement en cas d'urgence. La direction sera avisée.* Au sol, près des ascenseurs, se trouvait une énorme plante.

— J'ai une idée, chuchota Ivy. Ne bouge pas.

Elle rampa sur le tapis aussi rapidement qu'elle le put à titre de vampire, l'épaule collée au mur, puis s'immobilisa derrière la plante. Ses genoux lui firent mal quelques instants à cause des brûlures du tapis, mais ils guérirent instantanément. Ivy observa le gardien à travers les feuilles de la plante alors qu'il effectuait un va-et-vient constant devant la porte.

Elle se plaça les pieds et prit une profonde inspiration. Lorsque le gardien eut le dos tourné, elle exécuta un saut de mains avant et ouvrit la porte de la sortie d'urgence du bout des pieds. Lorsque l'alarme se mit à beugler dans la cage d'escalier, elle s'était déjà catapultée de l'autre côté de la plante.

« Moi qui pensais ne jamais utiliser mes habiletés de meneuse de claque », se dit-elle fièrement.

Le gardien fonça dans le corridor. Il se précipita dans la cage d'escalier pour enquêter de plus près et la lourde porte se referma lentement derrière lui. Quelques instants plus tard, il se rendit compte de son erreur et secoua vivement la porte en tentant de l'ouvrir, mais en vain ; elle était barrée.

Olivia rejoignit Ivy en courant ; elle était rayonnante. Ensemble, Ivy et elle s'empressèrent de traverser le corridor. Les portes de l'ASHH s'ouvrirent silencieusement et elles disparurent à l'intérieur.

Olivia se tenait tout près de sa sœur, à l'intérieur de la sombre salle. Elle pouvait distinguer des rangées de bureaux, toutes meublées d'un ordinateur d'allure ancienne. Les murs, pour leur part, étaient bordés d'énormes classeurs.

Ivy toucha une pile de papiers sur l'un des bureaux.

— As-tu vu la quantité de papiers qu'il y a ici ? dit-elle, découragée. Aussi bien chercher un cadavre dans un cimetière.

Le regard d'Olivia fut attiré par la seule salle fermée qu'elle pouvait voir : un énorme cube cloisonné au centre de la salle dont les murs en verre fumé luisaient faiblement dans l'obscurité.

« Si j'étais un dossier important, songea-t-elle, je serais ici. »

— Suis-moi, dit-elle.

Heureusement, la porte était ouverte. Olivia alluma l'interrupteur et dut plisser les yeux en raison de la grande quantité lumière qui se refléta dans la salle. Les murs étaient bordés de classeurs en acier inoxydable et, dans les coins, de brillants présentoirs de verre étaient remplis d'objets à l'allure étrange. Il y avait une énorme table en acier inoxydable au beau milieu de la salle, mais, étrangement, aucune chaise ne se trouvait dans les parages.

Les deux sœurs choisirent un classeur chacune et commencèrent à feuilleter les dossiers. Olivia balaya les étiquettes imprimées : *Kulter... Kunz... Kuzin.*

— Tout est classé par nom de famille ! s'exclamèrent-elles à l'unisson.

— Quel nom devrait-on chercher ? demanda Ivy.

— Essayons Vega, lui dit Olivia.

Ivy ouvrit un autre classeur.

— Non, dit-elle après un moment.

Olivia baissa les yeux vers son classeur et vit une étiquette marquée d'un point rouge : LAZAR.

« C'est le nom que les Daniels avaient mentionné », se souvint-elle.

Piquée par la curiosité, elle sortit le dossier, qui faisait environ deux pouces d'épaisseur, et l'ouvrit.

EXTRAIT DE CAS ASHH

N° DE CAS : *6765475888-102923*

NOM : *KARL LAZAR*

PROVENANCE : *FILS AÎNÉ DU COMTE ET DE LA COMTESSE LAZAR DE LA PROVINCE DE COVASNA EN TRANSYLVANIE*

RÉSUMÉ : *(1) LE SUJET A VIOLÉ LA PREMIÈRE ET LA DEUXIÈME LOI DE LA NUIT AVEC L'HUMAINE SUSANNAH KENDALL DE ANDOVER AU MASSACHUSETTS.*

(2) LE COMTE ET LA COMTESSE LAZAR SE SONT VIVEMENT OPPOSÉS À CETTE RELATION.

(3) EMPLACEMENT DU SUJET — INCONNU.

STATUT : *ALERTE D'HYBRIDE POTENTIEL*

Olivia tourna la page et trouva une photo froissée, en noir et blanc, d'un couple de vampires accompagnés de leurs trois enfants : une petite fille et deux jeunes garçons. Derrière eux se trouvait un imposant château à l'allure sinistre. La légende indiquait : *Le clan Lazar, Covasna. Le comte Rolen et la comtesse Rochette, ainsi que leurs enfants Kat, Karl et Karina.*

Olivia regarda la photo de plus près. Son regard fut attiré par un médaillon orné de pierres précieuses qui pendait autour du cou de la comtesse. Un symbole y était gravé — et il ressemblait étrangement à un « V » à l'intérieur d'un œil.

Olivia en eut le souffle coupé. Elle déposa délicatement le dossier sur la table en acier inoxydable afin que sa sœur puisse le voir et lui indiqua le collier de la comtesse d'un doigt tremblant.

— C'est le même symbole que sur nos émeraudes ! chuchota Ivy.

Elles se regardèrent, en état de choc, et Olivia saisit la main de sa sœur. — Je crois, dit lentement Olivia, que nos parents s'appellent Karl Lazar et Susannah Kendall.

Les yeux d'Ivy s'illuminèrent.

— Tu en es certaine ?

Elle commença à feuilleter le dossier frénétiquement tandis qu'Olivia regardait par-dessus son épaule. Soudain, son ongle noir s'arrêta au beau milieu d'une page.

— Il y a 14 ans ! dit Ivy. Ils ont disparu il y a 14 ans !

— Est-ce qu'il y a des photos d'eux ? demanda Olivia, son cœur battant la chamade.

Ivy vida rapidement le contenu du dossier sur la table et elles commencèrent à en parcourir les pages.

— As-tu trouvé une quelconque mention à propos de leurs enfants ? demanda Ivy.

— Non, dit Olivia en secouant la tête. Juste une alerte d'hybride potentiel.

Tout d'un coup, Olivia tomba sur la photocopie d'une coupure de presse du journal *The Andover Rover*. Le gros titre était : *Une femme d'ici, Susannah Kendall, 34 ans, perd la vie dans un accident tragique.* Elle en eut le souffle coupé et déposa la coupure devant sa sœur.

Ivy ferma les yeux un instant et poussa un long soupir. Puis, elle rouvrit brusquement les yeux.

— Le gardien, chuchota-t-elle.

En effet, Olivia pouvait désormais entendre de faibles pas en provenance du corridor. Ensemble, elles remirent frénétiquement les pages en place dans le dossier et le replacèrent dans le classeur. Olivia en referma la porte tandis qu'Ivy éteignit les lumières.

La porte d'entrée de l'ASHH s'ouvrit avec un sifflement.

★ 🦇 ★

— Shhh, chuchota Ivy à sa sœur.

Olivia recula dans un coin tandis que l'ombre imposante du gardien déambulait lentement le long du mur de verre. Ivy remarqua un présentoir situé derrière sa sœur et sur lequel on pouvait lire SYSTÈME D'ALARME ENCLENCHÉ.

— Attends! chuchota Ivy alors que sa sœur se butait contre le présentoir.

L'ombre du gardien se figea sur le mur et toutes deux cessèrent brusquement de respirer alors que le présentoir de verre se balançait d'avant en arrière. Ivy pria pour qu'il ne bascule pas. Par miracle, il se stabilisa.

« Un si petit coup n'aurait sûrement pas suffi à déclencher l'alarme », songea Ivy, soulagée.

Au même moment, la salle fut illuminée par une foule de lumières rouges clignotantes et un beuglement aigu se fit entendre. Les deux sœurs plongèrent sous la table en acier inoxydable au moment où le gardien entrait en trombe.

Ne voyant rien qui sortait de l'ordinaire, il grogna, confus, puis se déplaça autour de la table afin d'examiner le présentoir. Olivia et Ivy avancèrent lentement pour se rendre de l'autre côté de la table, puis elles se faufilèrent par la porte, l'alarme beuglante couvrant le bruit de leurs pas.

La porte d'entrée de l'ASHH s'ouvrit et les jumelles se précipitèrent dans le corridor à toute allure. L'ascenseur émit un bip et ses portes s'entrouvrirent tandis qu'elles les dépassaient à toute vitesse. En tournant le coin en direction des bureaux de V-Gen, à l'autre bout du corridor, Ivy jeta un regard par-dessus son épaule et vit un troupeau de gardes en uniforme se précipiter vers les bureaux de l'ASHH.

« Nous avons réussi ! » se dit Ivy en partageant un regard excité avec sa sœur tandis qu'elles traversaient les portes du laboratoire de V-Gen.

— Hé! dit Brendan en leur envoyant la main de là où il était assis, dans le coin de la pièce, occupé à siroter un grand verre d'eau.

— Est-ce que ça va? demanda Ivy en se précipitant vers lui et en le serrant dans ses bras en feignant d'être inquiète.

— Je vais bien, répondit Brendan en souriant.

Son visage était humide; il avait réussi à retirer tout le fard à joues d'Olivia.

— C'est sûrement quelque chose que j'ai mangé à la cafétéria aujourd'hui.

Monsieur Daniels apparut derrière eux.

— Il faudrait vraiment qu'ils arrêtent de mettre de l'ail dans tout vu que tant de jeunes y sont allergiques, dit-il d'une voix sérieuse.

Il se retourna vers Ivy.

— Où étiez-vous passées?

— Aux toilettes, répondit-elle rapidement. J'étais tellement nerveuse à cause de l'état de Brendan que ça m'a donné une envie soudaine.

Elle fit semblant d'être gênée.

— Vous êtes parties depuis au moins 15 minutes, fit remarquer monsieur Daniels.

— Nous avons été embarrées, bégaya Olivia. Nous avons dû demander à un gardien de nous laisser entrer.

— Ah non, s'exclama monsieur Daniels d'un air véritablement soucieux. Je dirais que nous avons tous passé un après-midi assez mouvementé.

Quelques minutes plus tard, tandis que les trois acolytes sortaient de l'immeuble d'un pas léger, bras dessus, bras dessous, les deux sœurs firent un résumé de leur escapade à Brendan.

— C'est mortel! s'exclama-t-il. Vous avez découvert presque tout ce que vous espériez!

— Grâce à toi! dit Ivy en serrant son bras.

Le soleil commençait à se coucher; ils étaient assis sur le trottoir, devant le poste de sécurité, attendant l'autobus.

— Peut-être que nos parents voulaient garder notre existence secrète, dit Ivy.

— À cause de l'ASHH? demanda Brendan.

Ivy fit oui de la tête.

— Peut-être aussi à cause de la famille Lazar, souligna Olivia. Après tout, ils n'étaient pas d'accord avec leur relation.

Ivy entrelaça les doigts de sa sœur dans les siens et regarda le motif formé par leurs ongles roses et noirs juxtaposés. Elle déposa sa tête sur son épaule.

— Au moins, nous connaissons leurs noms maintenant, dit-elle.

— Karl et Susannah, soupira Olivia.

— Karl et Susannah, répéta songeusement Ivy.

CHAPITRE 9

Pendant toute la journée de mardi, Olivia se sentit encore sous l'emprise de l'euphorie liée à leur succès aux bureaux de l'ASHH. En fait, elle chantonnait encore toute seule, mercredi matin, lorsqu'Ivy et Sophia se présentèrent à son casier alors qu'elle rangeait son manteau.

— Code noir, dirent-elles en souriant avant de se sauver.

Olivia se souvenait de leurs réunions secrètes lors de l'affaire Serena Star et de la signification de ce mot de code : rencontre dans les toilettes du pavillon des sciences dans les plus brefs délais. Elle referma rapidement son casier et les suivit dans le corridor.

— Avec des sourires comme ça, vous êtes une honte pour les Gothiques du monde entier! les taquina Olivia lorsque la porte des toilettes se referma derrière elle. Quoi de neuf?

Ivy se pencha pour s'assurer que tous les cabinets étaient vides. Lorsqu'elle fit signe que oui en levant les pouces dans les airs, Sophia mit sa main dans son sac à dos en forme de chat noir et en ressortit une revue. Elle la présenta à Olivia à deux mains.

C'était le dernier numéro de *Vamp*, et elle était sur la page couverture! On pouvait y voir la photo d'Ivy et d'Olivia, se regardant dans les yeux à travers le miroir de la salle de bain d'invités d'Ivy. Le gros titre était : *Des jumelles mortelles.*

— S'il y avait encore un membre de notre communauté qui ne soupçonnait pas que tu connaissais notre secret, dit fièrement Sophia, il n'en doute plus désormais. Mais rien n'influence l'opinion publique comme la couverture de *Vamp*.

Olivia saisit la revue et l'ouvrit. Elle arriva directement sur une série de photos glacées de sa sœur et elle, toutes accompagnées d'un petit texte descriptif.

— Notre cahier fait huit pages, s'enthousiasma Ivy tandis que Sophia et elle se rassemblaient autour d'Olivia afin de pouvoir regarder de plus près.

Il y avait celle où Ivy jouait du piano alors qu'Olivia se trouvait dessus.

— C'était une idée tellement géniale ! murmura Sophia.

Il y avait aussi celle d'Ivy, vêtue d'une robe de cocktail, essayant de faire éclater la bulle de gomme de sa sœur, bulle qui, par ailleurs, avait été ajoutée au montage.

— C'est tellement cool ! dit Olivia.

On les voyait également devant les escaliers, au sommet de l'élégance, vêtues de robes de couleur bourgogne et verte. Le dernier montage était le plus spectaculaire : un collage de photos artistiques en noir et blanc représentant les jumelles devant le miroir.

— Ivy Vega et Olivia Abbott partagent un lien que seules les sœurs de sang peuvent avoir, lut Ivy par-dessus l'épaule d'Olivia. Elles rient et pleurent ensemble. Maintenant qu'elles se sont retrouvées, elles sont, en un mot, inséparables.

— Ahhhh ! s'extasia Olivia.

Elle prit le relais et se mit à lire à son tour.

— Ces jeunes femmes remarquables peuvent nous enseigner une chose très importante, entonna-t-elle, par rapport aux relations entre les humains et les vampires. Car là où il y a absence de peur, il peut assurément y avoir de l'amour — malgré les différences.

Olivia avait les larmes aux yeux. Lorsqu'elle leva la tête, elle vit que les yeux de sa sœur se remplissaient aussi de larmes.

Il ne restait qu'un paragraphe, mais Olivia était incapable de continuer. Sophia lui prit doucement la revue des mains.

— Dans quelques semaines, lut attentivement Sophia, Ivy déménagera en Europe avec son père. Elle vient à peine de retrouver sa jumelle, mais elles seront bientôt déchirées de nouveau. Toutefois, la distance ne suffira pas à les séparer, dit Sophia en faisant une pause dramatique, car elles sont jumelles pour l'éternité.

Olivia et Ivy se firent un énorme câlin.

— Tu vas tellement me manquer, chuchota Olivia.

— Je brûle d'impatience de faire lire ça à mon père, renifla Ivy avec défi. Georgia m'a envoyé un ensemble complet de photos comme souvenir à accrocher dans ma nouvelle chambre.

— Et Kong m'en a envoyé un ensemble complet pour mon portfolio, ajouta Sophia.

— Alors, je peux garder cet exemplaire? demanda Olivia.

— Non, dit brusquement Sophia en reprenant la revue et en sortant une copie beaucoup plus mince de son sac. Celle-ci est pour toi. Livraison exprès de Georgia Huntingdon.

— Quelle est la différence? demanda Olivia.

— Aucune mention de tu-sais-quoi, répondit Sophia.

Olivia l'ouvrit et vit que le seul article à l'intérieur était celui sur elle et sa sœur et qu'une bonne partie du texte avait été supprimé.

Olivia fronça les sourcils.

— Je ne peux pas en avoir un exemplaire normal? Je promets de ne pas le montrer à qui que ce soit.

Ivy secoua la tête.

— Le tien est bien mieux.

— Il y a une raison pour laquelle nous appelons nos publications les « journaux noirs », expliqua Sophia. Elles sont impri-mées sur un papier spécial avec de l'encre spéciale et, dès qu'elles sont exposées au soleil, leurs pages se noircissent complè-tement. Et, même si elles ne sont jamais exposées à la lumière du jour, elles noircis-sent en moins d'une semaine.

Au moins, le dernier montage d'Olivia et de sa sœur était demeuré intact. Seule une ligne avait été modifiée, de sorte que l'on puisse lire *Ces jeunes femmes remarqua-bles peuvent nous donner une grande leçon sur ce qui est possible.*

« Je le chérirai jusqu'à la fin de mes jours », songea Olivia avec joie.

Elles dissimulèrent leurs exemplaires de nouveau, et Olivia suivit Ivy et Sophia à l'extérieur des toilettes. Elles se dépê-chaient pour arriver à temps à leur pre-mier cours lorsqu'Olivia vit deux filles de sixième année courir vers elles, bras des-sus, bras dessous. L'une était vêtue de rose, l'autre de noir, et leurs vêtements étaient en tous points identiques.

La fille en rose cria d'excitation lorsqu'elle aperçut Ivy et Olivia.

— Ma meilleure amie, Marta, et moi avons planifié nos ensembles, dit-elle, ses broches étincelant tandis qu'elle parlait, pour pouvoir être des jumelles opposées, tout comme vous ! Je suis Olivia.

— Et je suis Ivy ! couina son amie toute vêtue de noir.

Olivia n'eut même pas la chance de répondre avant que sa sœur ne l'entraîne plus loin dans le corridor.

— Dire que les gens pensent que *je* suis une suceuse de sang, dit Ivy, visiblement dégoûtée par leurs sosies.

— Eh bien, moi, je pense que c'est drôle, dit fièrement Olivia.

Sophia se contenta de secouer la tête, incrédule.

Olivia entendit soudainement une voix familière appeler son nom. Elle se retourna brusquement et vit Camilla arriver à toute allure en agitant un journal dans les airs au-dessus de ses boucles blondes.

— Avez-vous vu ça ? cria-t-elle en leur montrant le journal.

— Quoi ? demandèrent Olivia et Ivy à l'unisson.

— Vous avez fait la une de la *Gazette* ! annonça Camilla. Ils ont réimprimé l'article de Toby du *Scribe* mot pour mot !

Camilla donna à chacune un exemplaire du journal local, et les filles constatèrent qu'il s'agissait effectivement des photos de l'article qui avait paru dans le journal de l'école la semaine précédente.

— J'ai quasiment plaqué mon père pour l'avoir lorsque je l'ai vu sur table ce matin, haleta Camilla.

— Où as-tu eu le deuxième? demanda Ivy.

Camilla rougit.

— J'ai supplié mon voisin, au cas où vous en voudriez un chacune.

— Merci, lui dit Ivy, véritablement émue.

— Tu es la meilleure, Camilla! dit Olivia en souriant et en contemplant la page couverture de la *Gazette*. Qui aurait cru, s'étonna-t-elle, que tant de gens seraient intéressés par notre histoire!

— Pas moi, gémit Ivy.

Un peu plus tard, à l'heure du déjeuner, Olivia et Ivy étaient assises avec Brendan, Sophia et Camilla, et elles étaient entourées par une foule de gens qui leur tendaient des journaux et leur demandaient des autographes. Ivy mourait visiblement d'envie de se cacher sous la table.

Soudainement, Charlotte Brown se fraya un chemin devant tous les autres — mais ce n'était pas pour un autographe.

— Je ne vois pas pourquoi tout le monde en fait tout un plat, dit-elle d'un ton vexé. Je veux dire, c'est juste la *Gazette*. Ce n'est pas comme si c'était *Style Ado*.

Ivy leva les yeux au ciel et Olivia se contenta d'esquisser un petit sourire en signant le journal d'un sportif de septième année.

« Ah oui ? songea-t-elle. Tu devrais voir nos photos de mode dans *Vamp* alors ! »

Sur ces entrefaites, Toby Decker fit son apparition, portant un cabaret contenant deux gigantesques coupes glacées qu'il avait préparées au bar à desserts. Il avait l'air *très* excité — après tout, c'était son histoire que la *Gazette* avait réimprimée.

— Vous m'avez donné la plus grande primeur de ma vie ! s'exclama-t-il en déposant une coupe glacée devant chacune des filles. La moindre des choses est que je vous rende la pareille !

— Merci Toby ! dirent Olivia et Ivy à l'unisson.

Toutes deux avaient la bouche pleine de crème glacée lorsque Sophia prit une photo.

— Qui sait dans quelle publication cette photo apparaîtra! dit-elle d'un ton excité.

★ 🦇 ★

Ivy était plus qu'heureuse de se rendre à la bibliothèque avec Olivia après les cours afin faire des recherches sur leurs parents biologiques sur l'Internet normal.

« Au moins, ici, les gens seront obligés d'arrêter de parler de nous un petit moment », se dit-elle.

C'était comme si toute l'école était devenue complètement dingue. C'était déjà plutôt étrange quand le *Scribe* était sorti, mais là, on aurait dit que tout le monde les mettait sur un piédestal. Vera était venue les voir au début du cours de science et Ivy s'était attendue à une bagarre. Pourtant, Vera leur avait fait un sourire gêné, s'était excusée de la façon dont elle avait agi avec elles et leur avait demandé leur autographe comme tous les autres.

« La popularité, c'est comme le sang, songea Ivy. Tout le monde en veut une petite gorgée. »

Olivia et elle s'assirent ensemble devant un ordinateur situé dans un coin de la bibliothèque. Olivia commença par faire une recherche sur les Lazar, et un tas de résultats s'affichèrent : *L'histoire de la noblesse de Covasna, L'aristocratie transylvanienne, Les mines Lazar.* Olivia cliqua sur plusieurs d'entre eux, mais la plupart des sites ne contenaient que de petites mentions énigmatiques. En réalité, outre le fait que la famille Lazar avait fait sa fortune dans les mines, les filles ne trouvèrent rien qu'elles ne savaient déjà ; elles ne trouvèrent aucune autre photo non plus.

— Il y a, dit Ivy, un vieil adage dans notre communauté selon lequel la seule chose plus secrète qu'un vampire est un aristocrate vampire.

— On dirait bien, dit Olivia.

Elles firent ensuite une recherche afin de retrouver la trace d'une Susannah Kendall à Owl Creek, mais elles n'obtinrent aucun résultat.

— Il me semble que le dossier de l'ASHH disait qu'elle venait du Massachusetts, non ? se rappela Ivy.

Olivia se mit donc à la recherche d'une Susannah Kendall à Andover ; un lien apparut. Ivy retint son souffle tandis qu'une photo de journal en noir et blanc représentant une femme vêtue d'une blouse à motifs à col en V, les cheveux lustrés tombant sur ses épaules et qui semblait rire chaleureusement de quelque chose en dehors de la photo remplissait l'écran. Ses yeux brillaient. Il y avait un gros titre au haut de la page : UNE FEMME D'ICI, SUSANNAH KENDALL, 34 ANS, PERD LA VIE DANS UN ACCIDENT TRAGIQUE. C'était le même article que celui qu'elles avaient trouvé dans les dossiers de l'ASHH, à la différence qu'ici, l'article était complet et contenait une photo.

— La voilà, chuchota Olivia.

— Elle a notre nez, remarqua Ivy.

— Et nos sourcils, renchérit Olivia. Je vais en imprimer deux copies ; une pour toi et une pour moi, d'accord ?

— Merci, dit simplement Ivy avant de se retrouver seule devant l'écran.

Susannah Kendall, originaire d'Andover, est décédée subitement, hier, dans un accident tragique. Elle avait 34 ans.

Ivy repassait inlassablement cette phrase dans son esprit lorsque sa sœur revint. Olivia s'assit et lut doucement à voix haute à partir de la copie qu'elle tenait dans ses mains.

— Susannah était une personne chaleureuse, gaie et généreuse, doublée d'un grand cœur. Intelligente et dotée d'un esprit vif, elle a laissé une forte impression sur tous ceux qui l'ont rencontrée.

Olivia s'efforça de lire la dernière ligne de l'article.

— Susannah va grandement nous manquer.

Elle quitta enfin le journal des yeux.

— C'est tout, dit-elle en haussant les épaules. Aucune mention d'un mari. Aucune mention de nous.

— Ils se cachaient, dit simplement Ivy.

Pendant un instant, ni elle ni sa sœur ne prononcèrent un mot.

« Je n'avais jamais su que j'avais perdu ma vraie mère, songea Ivy. Je savais simplement que mon père m'avait trouvée et que ça avait tout réglé pour moi. »

— Je me sens tellement chanceuse d'avoir été adoptée par mes parents, dit Olivia à voix haute, reprenant les pensées d'Ivy.

— J'imagine, dit lentement Ivy, que nous avons toutes deux abouti où nous le devions.

— Mais c'est bien de savoir d'où nous sommes venues, admit Olivia en esquissant un petit sourire.

Ivy fit signe que oui.

— Et maintenant que nous savons que Susannah était notre mère et que Karl Lazar était notre père, nous savons aussi que tu avais définitivement un parent vampire, fit-elle remarquer. Aucune Vera de ce monde ne pourra s'opposer à ce que tu connaisses notre secret.

Olivia jeta un coup d'œil par-dessus son épaule pour s'assurer que personne ne pouvait les entendre.

— Est-ce que ça veut dire que je dois commencer à magasiner au supermarché du sang? lança-t-elle à la blague.

Quelques minutes plus tard, alors qu'elles quittaient l'école, Ivy vit son père qui faisait les 100 pas au bas des marches désertées. Il était évident qu'il les attendait.

Lorsqu'il les vit, il se précipita à leur rencontre.

— Est-ce que c'est vrai que vous êtes entrées par effraction dans les bureaux de l'ASHH? questionna-t-il avec colère.

Ivy et Olivia échangèrent un regard paniqué, ce qui vendit tout de suite la mèche.

— Comment as-tu pu faire ça, Ivy? demanda son père, visiblement déçu.

— Comment j'ai pu faire quoi? répondit Ivy d'un ton hargneux. Comment j'ai pu vouloir en savoir plus sur mes vrais parents? Olivia et moi avons le droit de savoir!

— Tu as amené un humain dans une zone interdite! dit son père. Est-ce que ça t'est venu à l'esprit que des caméras de sécurité allaient capter tes moindres mouvements?

Il baissa le ton et chuchota d'une voix urgente:

— La Table ronde des vampires est venue chez nous aujourd'hui. Ils convoquent Olivia à une initiation!

Ivy se figea.

— Une quoi?

— Un rituel, expliqua-t-il, pour voir si elle est digne du Secret du sang.

— Oh non…, dit Olivia à voix basse.

— Mais pourquoi? s'écria Ivy.

— *Pourquoi?* répéta son père, exaspéré. Parce qu'avec l'article paru dans *Vamp* récemment et la vidéo d'Olivia rôdant dans les bureaux de l'ASHH, ils ont facilement déduit qu'il y avait eu violation de la première Loi de la nuit!

— Est-ce que ça va lui faire mal? demanda Ivy.

— Mal? cria Olivia.

— Je ne sais pas, répondit le père d'Ivy en secouant la tête, sa colère s'amoindrissant soudainement.

— Mais que devra-t-elle faire? insista Ivy.

— Je sais seulement qu'elle devra réussir trois épreuves, répondit-il. Olivia, demanda-t-il, crois-tu que tes parents te permettront de dormir à la maison vendredi soir?

— Je crois que oui, dit Olivia. Pourquoi?

— C'est la date qui a été fixée pour ton initiation.

— Mais ça ne lui laisse qu'une nuit pour se préparer! objecta Ivy.

Son père étudia le visage d'Olivia.

— La meilleure et l'unique façon de te préparer, dit-il solennellement, est d'être prête à mettre ta véritable âme à nu.

— Et si jamais elle ne réussit pas? demanda Ivy d'une toute petite voix.

Il baissa les yeux vers elle, et Ivy ne put distinguer s'ils étaient remplis d'espoir ou de désespoir.

— S'il doit en être ainsi, dit-il d'un ton résigné en se retournant pour descendre les marches, il en sera ainsi.

CHAPITRE 10

Le vendredi soir venu, Olivia se fit déposer devant la maison des Vega, comme prévu. Heureusement pour elle, sa mère avait rendez-vous avec son club de bridge, alors elle n'essaya même pas d'entrer.

Lorsqu'Olivia sonna à la porte, Ivy vint immédiatement lui ouvrir. Monsieur Vega l'accueillit avec un hochement de la tête solennel dans l'antichambre. Personne ne dit un mot, puis Olivia entendit des pas s'approcher rapidement dans le corridor. Une grande femme vampire vêtue d'un kimono noir et rouge fit irruption dans la lumière de l'antichambre. Il fallut un instant à Olivia avant de saisir ce qui était si frappant chez elle : elle ne portait pas les verres de contact que la plupart des vampires portent en tout temps afin de protéger leurs yeux du soleil et de déguiser leur véritable couleur. Les siens étaient *rouges*.

— Je suis Valencia Deborg, déclara la femme.

On entendit un froissement en provenance de ses énormes manches, puis un épais cartable noir apparut dans l'une de ses mains tandis qu'un stylo se matérialisait dans l'autre. Elle fit cliquer le stylo de façon décidée.

— Secrétaire des relations humaines pour la Table ronde des vampires.

— Et moi, dit une voix nasillarde émanant de l'obscurité, je suis monsieur Boros, de l'ASHH.

Olivia s'attendait à voir un grand vampire moustachu vêtu d'une cape noire, mais ce fut plutôt un petit homme chauve vêtu d'un complet froissé qui entra dans la lumière et vint se placer à côté de sa collègue.

— J'ai vu cet homme quitter l'ASHH juste avant que nous y entrions! chuchota Ivy à l'oreille d'Olivia.

— Et je vous ai vues vous faufiler sur les caméras de sécurité juste après mon départ, dit l'homme d'un ton froid.

Ivy et Olivia se redressèrent toutes deux.

— Nous sommes ici pour superviser l'initiation d'Olivia Abbott, dit Valencia Deborg solennellement. Les épreuves commenceront dans une heure, au coucher du soleil.

Olivia jeta un regard oblique vers sa sœur et vit que cette dernière avait l'air véritablement inquiète, ce qui la rendit encore plus nerveuse.

— Avant de commencer, dit monsieur Boros en levant un court doigt blanc dans les airs, nous devons être clairs quant au déroulement de la chose. Le Secret du sang est connu de moins d'une douzaine d'humains dans le monde entier, et chacun d'eux l'a su en raison de circonstances exceptionnelles.

— Et vos circonstances, dit mademoiselle Deborg en posant ses yeux enflammés sur Olivia, sont les plus exceptionnelles de toutes.

— Sans précédent selon nos dossiers, confirma monsieur Boros de sa voix nasillarde.

— Les épreuves auxquelles vous serez soumise ici ont été élaborées il y a des siècles, expliqua mademoiselle Deborg à Olivia. On ne les utilisait que dans les rares cas où un humain apprenait le Secret du sang et qu'un vampire était prêt à se porter garant de lui. Y a-t-il un vampire ici présent prêt à assumer ce fardeau ?

— Je le ferai, répondirent Ivy et son père à l'unisson.

Olivia put voir que sa sœur était aussi surprise qu'elle de voir son père se porter volontaire.

Mademoiselle Deborg et monsieur Boros se firent un signe de tête et mademoiselle Deborg poursuivit.

— Les épreuves originales étaient abominables…

— Horribles, frissonna monsieur Boros tandis qu'Olivia sentait son sang quitter son visage.

— Et épouvantablement douloureuses, dit mademoiselle Deborg en guise de conclusion.

— Mais, bien entendu, ajouta monsieur Boros nonchalamment, les épreuves sont plus ritualisées de nos jours.

Olivia laissa échapper un soupir de soulagement.

— Par le passé, expliqua mademoiselle Deborg, si un candidat était jugé indigne, il était tué sur-le-champ. Depuis l'Accord vampirique de 1926, toutefois, ce n'est plus le cas.

— Que se passera-t-il si j'échoue alors? demanda nerveusement Olivia.

— Votre mémoire concernant tout ce qui touche les vampires de près ou de loin sera effacée, et vous ne verrez ni n'aurez plus aucun contact avec votre sœur jusqu'à la fin de vos jours, répondit simplement monsieur Boros.

— Quoi? s'exclamèrent Ivy et Olivia à l'unisson.

— Comment est-ce possible? demanda Olivia.

— Des scientifiques de notre espèce ont développé une préparation à cette fin, répondit mademoiselle Deborg.

— On m'a dit qu'elle avait le goût du lait frappé aux fraises, déclara fièrement monsieur Boros. Sans compter que c'est beaucoup moins salissant que l'ancienne méthode, qui consistait à retirer une portion du cortex cérébral.

— Et je ne me souviendrai plus du tout d'Ivy? demanda Olivia.

Les représentants firent signe que non.

— M-Mais nous venons à peine de nous retrouver, bégaya Ivy.

— C'est peut-être pour le mieux que nous déménagions en Europe finalement, dit le père d'Ivy à voix basse.

Ivy lui lança un regard amer.

— Et si Olivia refuse de se soumettre à l'initiation? demanda-t-elle à mademoiselle Deborg.

— Alors, elle subira le même sort que si elle avait échoué, répondit-elle d'un ton glacial.

Olivia prit une grande inspiration.

— Et si je réussis les épreuves?

— Vous continuerez à vivre comme vous le faisiez avant notre arrivée, répliqua monsieur Boros.

Olivia serra la main de sa sœur.

— Je sais que je suis digne, chuchota-t-elle bravement. Je passerai toutes les épreuves qu'ils pourront me faire subir. Je ne te perdrai pas.

Bien sûr, Olivia était complètement bouleversée à l'intérieur; elle venait à peine de comprendre la gravité la situation. Elle n'avait que 13 ans et elle devait déjà faire face à la sénilité.

— Des questions? demanda monsieur Boros.

Lorsqu'Olivia secoua la tête, mademoiselle Deborg annonça :

— La candidate aura maintenant quelques minutes pour se recueillir en solitaire
avant le début de la première épreuve.

Monsieur Boros et elle se retournèrent
et quittèrent la salle.

— Est-ce que je peux rester avec elle ?
lança Ivy.

Mademoiselle Deborg s'arrêta brusquement, puis sans se retourner :

— Pourquoi pas, dit-elle avec un soup-
çon de désapprobation dans la voix.

Elle et monsieur boros sortirent alors
que le père d'Ivy hocha la tête silencieusement et monta les marches.

Dans le salon, Ivy serra Olivia dans ses
bras.

— Je suis désolée de t'avoir embarquée
dans toute cette histoire, dit-elle. Je ne sais
pas si tu pourras me pardonner un jour.

D'une certaine façon, en voyant Ivy si
déchirée, Olivia se sentit moins désespérée.

— Te pardonner ? dit Olivia. Tu es la
chose la plus cool qui me soit jamais arrivée.

Ivy répondit en levant les yeux au ciel,
comme à son habitude.

— Franchement, continua Olivia en ajustant son coton ouaté rose, penses-tu que je découvre que j'ai une jumelle vampire tous les jours? Et puis, si cette épreuve sert vraiment à déterminer si je suis digne de connaître le secret des vampires, nous n'avons pas à nous inquiéter. J'ai le droit de savoir. Après tout, ce sont mes racines aussi.

«Une minute, se dit Olivia. Finalement, tout ça est parfaitement logique.»

Tout d'un coup, elle n'avait plus aussi peur des épreuves à venir.

— Peu importe ce qui arrive, dit Ivy d'une voix déterminée, je ne les laisserai pas te faire du mal. Même si ça ne va pas, je trouverai un moyen de les empêcher d'effacer ta mémoire. Je ne te laisserai pas une seule seconde.

— Parfait, dit Olivia en souriant.

Soudain, Ivy afficha une expression espiègle et Olivia put presque entendre les engrenages se mettre en marche dans la tête de sa sœur.

— Il y a un passage secret à l'arrière du garde-manger. Nous pourrions toujours te faire échapper par là.

Elle commença à agiter ses mains dans les airs.

— Nous pourrions même échanger de place au besoin. Nous pourrions aller dans ma chambre tout de suite et enfiler des ensembles identiques!

Olivia déposa doucement sa main sur le bras de sa sœur.

— Je ne vais pas m'enfuir, Ivy, dit-elle. Je vais faire ce qu'il faut pour réussir. Je vais prouver une fois pour toutes que je suis digne du Secret du sang.

— C'est ce que nous verrons, fit une voix froide.

Olivia sauta quasiment au plafond et se retourna juste à temps pour voir que Valencia Deborg était apparue sur le seuil de la porte.

— L'heure de la première épreuve est arrivée, annonça-t-elle.

Les deux sœurs échangèrent des regards nerveux. Mademoiselle Deborg leur fit signe de la suivre et, avant même qu'Olivia ne s'en rende compte, elle avait disparu dans le corridor. Rendues aux marches principales, Olivia et Ivy durent les monter deux par deux afin de la rattraper.

Mademoiselle Deborg les conduisit dans la chambre d'invités attenante à la salle de bain, là où elles avaient pris leurs dernières photos pour *Vamp*. Il y avait, contre l'un des murs, ce qui ressemblait à une commode recouverte d'un drap violet. Valencia retira le drap d'un geste théâtral, révélant un cercueil noir laqué.

— L'épreuve de l'obscurité! annonça-t-elle d'un ton dramatique.

Olivia sentit la terreur l'envahir.

«Qu'est-ce qui se cache là-dedans?» se demanda-t-elle.

Elle regarda sa sœur, qui ne put que hausser les épaules nerveusement.

— Vous devrez passer toute la nuit dans ce cercueil, expliqua enfin mademoiselle Deborg, du crépuscule jusqu'à l'aube.

— C'est pas vrai..., dit Olivia à voix basse.

— Ce l'est, répliqua mademoiselle Deborg sans aucune touche d'humour.

Elle lança un regard vers la fenêtre; le soleil avait déjà commencé à se coucher.

— Il ne reste plus beaucoup de temps, dit-elle en faisant signe à Olivia d'aller se changer.

Quelques instants plus tard, Olivia était seule devant le même miroir où elle s'était fait photographier avec sa sœur, sauf que, cette fois-ci, elle était vêtue de son pyjama à tournesols et se brossait nerveusement les dents.

« Je ne veux pas être enfermée dans une boîte toute la nuit, se dit-elle, même si elle a un bel intérieur matelassé en velours. Mais je veux encore moins perdre ma sœur. »

Lorsqu'elle ressortit de la salle de bain, Ivy et mademoiselle Deborg l'attendaient impatiemment à côté du cercueil ouvert. Ivy laissa échapper un petit rire.

— Quoi ? demanda Olivia.

— Il est mortel ton pyjama, la taquina Ivy.

— C'est l'heure, interrompit mademoiselle Deborg.

Olivia s'approcha du cercueil ; un tabouret se trouvait devant celui-ci, histoire de l'aider à grimper à l'intérieur. Elle se coucha sur le dos et étendit ses mains moites le long de son corps.

— Est-ce qu'il y a une veilleuse à l'intérieur ? demanda-t-elle en essayant de faire une blague.

Pour toute réponse, mademoiselle Deborg se contenta de refermer le couvercle du cercueil. La dernière chose qu'Olivia vit fut le visage inquiet de sa sœur et puis… plus rien. L'obscurité totale.

Elle s'efforça de se concentrer afin d'entendre la voix de sa sœur ou celle de mademoiselle Deborg à l'extérieur du cercueil, mais seul un silence angoissant régnait. Elle n'entendait que sa respiration paniquée.

Elle essaya de distinguer les volants du tissu qu'elle savait se trouver à quelques centimètres de son visage, mais elle ne vit rien. Elle leva lentement une main tremblante pour toucher le couvercle.

« Tout va bien, se dit-elle. Il fait simplement noir. Rien ne peut me faire de mal. »

Son esprit commença à vagabonder.

« Tu es simplement dans un cercueil. Utilisé par des vampires. Qui, par hasard, boivent du sang. »

Tout d'un coup, elle put entendre les battements sourds de son propre cœur et eut envie d'ouvrir le cercueil et de s'enfuir de la maison en hurlant.

Elle s'efforça plutôt de ne pas penser à l'endroit où elle se trouvait et se mit à compter les moutons pour se distraire. Au départ, ils étaient tous blancs. Puis, sans même qu'elle ne s'en rende compte, ils devinrent noirs et, bientôt, ils commencèrent à voler.

Rendue à 34, Olivia se rendit compte qu'elle ne comptait plus des moutons, mais bien des chauves-souris, ce qui, pour une quelconque raison, lui donna le fou rire.

Elle essaya de penser à des personnes gentilles afin d'empêcher son esprit de lui jouer des tours : Ivy, ses parents, Camilla, Sophia. Après quelques secondes, elle se sentit plus détendue. En fait, le cercueil était étonnamment confortable, et elle avait même assez d'espace pour se retourner sur le côté.

«Je croyais que cette épreuve serait un véritable cauchemar, mais ce n'est pas si terrible finalement», se dit-elle en songeant aux tests du lendemain et en sombrant doucement dans le sommeil.

CHAPITRE 11

Olivia se fit réveiller par une lumière aveuglante. Elle mit ses mains devant ses yeux et regarda prudemment à travers ses doigts.

Elle vit, du coin de l'œil, qu'elle était entourée de velours violet, et elle commença inconsciemment à le frotter du bout des pieds. Elle vit ensuite un contour noir laqué qui lui fit penser à la décoration de monsieur Vega. Elle tourna paresseusement la tête d'un côté et de l'autre.

«J'ai quand même bien dormi, se dit-elle en bâillant, considérant le fait que j'ai passé la nuit dans un cercueil.»

Le visage pâle et creux de Valencia Deborg apparut soudainement au-dessus d'elle. Les lèvres de la vampire bougeaient, mais, pendant un instant, Olivia ne put déchiffrer ce qu'elle disait.

— Olivia Abbott, comprit-elle enfin, vous avez réussi la première épreuve, l'épreuve de l'obscurité.

Olivia se redressa et applaudit comme si elle venait de terminer un cri. Elle regarda tout autour d'elle pour attirer le regard de sa sœur, mais vit que mademoiselle Deborg était la seule personne présente.

— Lorsque vous serez habillée, venez me rejoindre à l'étage supérieur, lui commanda mademoiselle Deborg d'un ton sévère avant de quitter la salle majestueusement.

Olivia se lava le visage, se brossa les dents et s'habilla à toute vitesse. Elle se précipita dans le corridor en direction des marches, s'attendant à y voir Ivy. Elle trouva plutôt monsieur Boros, seul.

— Bon matin, dit-il.

Les quelques cheveux qui étaient encore sur sa tête étaient dressés dans les airs, et il portait le même complet froissé que la veille. Olivia pensa qu'il avait probablement dormi dans un cercueil d'invité situé au grenier.

Olivia le suivit dans les escaliers jusqu'à la salle à manger où se trouvait Valencia

Deborg, vêtue d'un nouveau kimono rouge foncé et violet, un grand verre rempli d'un liquide rose mousseux à la main.

— Votre petit déjeuner.

Le cœur d'Olivia faillit s'arrêter.

« C'est la préparation qui sert à effacer la mémoire ! »

— Mais je croyais avoir réussi ! protesta-t-elle.

Mademoiselle Deborg fronça les sourcils.

— Vous préféreriez avoir des plaquettes aux guimauves ?

— Non, dit Olivia, mais je ne veux pas perdre la mémoire non plus.

Mademoiselle Deborg et monsieur Boros la regardèrent un instant sans comprendre.

— Ah ! dit enfin monsieur Boros. Elle pense… Non, non, mademoiselle, ceci est un vrai lait frappé aux fraises. Fait spécialement pour vous.

— Vraiment ? dit Olivia en scrutant le contenu du verre.

— Juré, craché, répondit mademoiselle Deborg sans sourire.

Olivia s'assit et en prit une toute petite gorgée ; c'était délicieux. Tout d'un coup, elle se rendit compte qu'elle avait une faim de loup et elle commença à le boire goulûment à la paille.

Rendue à la moitié du verre, elle eut mal à la tête en raison de la froideur du lait frappé, et elle dut prendre une pause.

— Où est Ivy? demanda-t-elle.

Monsieur Boros et mademoiselle Deborg s'échangèrent un regard.

— Elle n'est pas ici, dit monsieur Boros.

— Où est-elle allée? demanda Olivia.

— Et comment devrions-nous le savoir? répondit mademoiselle Deborg d'un air absent.

Olivia baissa la tête pour finir son lait frappé.

«C'est étrange, se dit-elle. Ivy avait promis de rester tout près. Elle travaille peut-être sur l'un de ses plans de réserve, comme de prévoir une sortie de secours à partir d'une fenêtre du deuxième étage.»

Une fois le lait frappé terminé, mademoiselle Deborg présenta une tranche de pain grillée et garnie de confiture rouge à Olivia. Tandis qu'elle la mangeait, elle commença à se sentir nerveuse quant à sa prochaine épreuve.

«Ne t'en fais pas, se dit-elle. Ivy va définitivement revenir à temps pour ça.»

Elle mangea sa rôtie de plus en plus lentement, jusqu'à ce qu'il n'en reste que quelques bouchées. Elle ne voulait pas finir avant l'arrivée de sa sœur. Enfin, mademoiselle Deborg retira l'assiette et fit signe à Olivia de les suivre, monsieur Boros et elle. Ils la conduisirent au deuxième étage, dans le bureau de monsieur Vega.

Alors que les officiels faisaient leur entrée dans la pièce, Olivia put voir que monsieur Vega se trouvait dans un coin, tout près de l'énorme globe terrestre. Elle se figea sur le seuil de la porte et balaya le reste de la pièce du regard ; Ivy n'était pas là. Elle ancra fermement ses pieds dans le sol.

— Je veux savoir où est Ivy, réclama-t-elle.

Mademoiselle Deborg lui lança un regard furieux.

— Je vous l'ai dit, nous ne savons pas où elle est.

— Je ne vous crois pas, dit Olivia.

Tout le monde la fixa du regard.

Le père d'Ivy se racla la gorge.

— Ivy m'a dit qu'elle sortait avec Brendan ce matin et qu'elle serait de retour à temps pour le troisième test.

Il détourna le regard.

Mademoiselle Deborg agita l'énorme manche de son kimono, et une délicate montre noire apparut sur son poignet effilé. Elle la regarda avec impatience.

— Nous devons commencer la deuxième épreuve immédiatement.

Olivia secoua la tête.

— Ivy avait promis de rester avec moi. Elle n'aurait jamais brisé cette promesse.

— Est-ce que vous êtes en train de dire que vous refusez de continuer? demanda monsieur Boros d'un air sévère.

Olivia hésita.

« Ivy avait juré qu'elle serait ici, se dit-elle, et elle n'est pas là. Et s'ils lui avaient fait quelque chose? »

— Je crois que oui, répondit nerveusement Olivia. Du moins, jusqu'à ce qu'Ivy revienne.

Il y eut un silence, puis Olivia crut voir un tout petit sourire s'afficher sur le visage de monsieur Vega.

— Olivia Abbott, annonça mademoiselle Deborg, vous avez réussi la deuxième épreuve, l'épreuve de la foi.

— Hein? dit Olivia.

Monsieur Boros quitta la pièce et revint avec Ivy, qui avait l'air plus frustrée qu'une meneuse de claque qui serait tombée au cours d'une routine.

— Ils ne voulaient pas me laisser entrer!

Ivy se dégagea et courut vers Olivia.

— Est-ce que ça va?

— Je vais bien, lui dit Olivia. Mais toi, ça va?

— Mmh mmh, répondit Ivy.

— J'étais tellement inquiète! lui dit Olivia.

Ivy hocha la tête pour indiquer qu'elle aussi s'était fait beaucoup de souci.

— Que s'est-il passé?

— J'ai réussi la deuxième épreuve, dit Olivia en haussant les épaules.

— L'épreuve de la foi, dit monsieur Boros de sa voix nasillarde, est considérée réussie lorsque le candidat démontre une foi sans faille envers le vampire qui s'est porté garant de lui.

— Je savais que quelque chose ne tournait pas rond, commença Olivia, parce que tu avais dit...

— Que je ne te quitterais pas pour une seule seconde, continua Ivy en souriant.

Olivia et elle se tapèrent dans les mains.

— Il ne reste plus qu'un clou pour sceller ce cercueil! dit Ivy, excitée.

— La troisième et ultime épreuve, dit solennellement mademoiselle Deborg, est l'épreuve du sang.

Olivia se serra les bras autour du ventre. L'idée de boire du sang lui donnait envie de vomir.

— Vous voulez dire que je dois boire…?

Elle n'arrivait même pas à finir sa question.

— Ce serait toute une épreuve de courage, n'est-ce pas? dit mademoiselle Deborg, impassible.

— Bien sûr que nous ne ferions jamais boire de sang à un humain, la rassura monsieur Boros. Non, non, l'épreuve du sang fait seulement appel à *votre* sang, Olivia.

— Quoi? croassa Olivia.

Valencia agita sa manche, faisant ainsi apparaître, à son doigt, une énorme bague en rubis brillant de mille feux. Elle s'approcha d'Olivia et pressa les côtés de l'énorme bague. Le rubis s'ouvrit pour révéler ce qui ressemblait à la pointe effilée d'une punaise. Mademoiselle Deborg lui tendit son autre main, paume vers le haut, avec impatience.

Olivia fit un pas vers l'arrière.

— Que dois-je faire ?

Mademoiselle Deborg recourba ses doigts de manière invitante pour toute réponse.

Olivia tendit une main vers l'arrière et saisit celle d'Ivy afin d'obtenir un peu de soutien moral. Puis, elle ferma les yeux très fort et tendit sa main libre à Valencia. Elle sentit ses doigts froids se refermer autour de son index.

— Qu'est-ce qui se passe ? chuchota-t-elle, terrifiée.

— Ne lui faites pas mal ! cria Ivy.

Et puis, rien ne se passa. Monsieur Boros se racla la gorge plusieurs fois avec insistance et Olivia comprit enfin qu'il essayait de capter son attention. Elle s'efforça d'ouvrir les yeux et vit qu'il tenait un bout de parchemin jauni à quelques pouces de son visage. Les marges étaient remplies de motifs pointus et travaillés et, au centre, se trouvait un poème rédigé en calligraphie noire.

— La candidate lira la *Promesse du sang*, déclara-t-il.

Olivia prit une grande inspiration et commença à lire à voix haute :

— Leur nuit est ma nuit.

Leur sang est mon sang.

Leur secret est mon secret.

Cette promesse est mon cercueil.

Au bas de la feuille, là où aurait normalement dû se trouver une ligne servant à apposer sa signature, se trouvait un petit cercle vide. Valencia Deborg lui jeta un regard éloquent, tenant toujours son index dans une main tandis qu'elle levait la bague de l'autre.

Olivia vit qu'Ivy souriait fièrement. Étonnamment, le père d'Ivy souriait aussi. Olivia hocha bravement la tête à l'intention de mademoiselle Deborg tandis que monsieur Boros plaçait le papier sous sa main.

La vampire effleura le bout du doigt d'Olivia avec sa bague ; elle grimaça et une goutte de sang bourgeonna comme une minuscule rose. Elle la laissa couler le long de son doigt et atterrir en une toute petite éclaboussure au centre du cercle.

— Olivia Abbott a réussi les trois tests de son initiation, annonça mademoiselle Deborg. Elle peut maintenant garder le Secret du sang.

Olivia et Ivy se firent un énorme câlin, et tout le monde se mit à applaudir — même le père d'Ivy et Valencia Deborg. Puis, les officiels les conduisirent en bas, dans le salon, où Olivia fut étonnée de retrouver Sophia, Brendan, Bethany et monsieur et madame Daniels. Ils se mirent tous à applaudir au moment où Olivia entrait dans la pièce.

— Bravo! cria Brendan. A positif, Olivia!

Bethany hululait comme un hibou fou.

Olivia se contenta de rester debout, rayonnante de bonheur.

— Tous ceux qui savent que tu connais notre secret sont dans cette pièce, lui chuchota Ivy à l'oreille.

Sophia commença à prendre des tonnes de photos. Ivy tenta de s'éloigner, mais Sophia la supplia de rester à côté de sa sœur et d'essayer d'agir de façon naturelle.

— J'espère que la revue *Vamp* voudra de ces photos pour leur rubrique « Traquer les non-morts! » dit-elle d'un ton excité.

Valencia Deborg se plaça au centre de la pièce et leva ses mains effilées dans les airs.

— Comme vous l'avez déjà deviné, Olivia Abbott a complété avec succès les rites sacrés de l'initiation. Elle est maintenant officiellement sanctionnée par notre communauté et par la Table ronde des vampires.

— Et aussi par l'ASHH, ajouta monsieur Boros qui se trouvait près de la porte.

Tout le monde se mit à applaudir de plus belle et à chanter, dans une langue étrangère, une chanson qui ressemblait bizarrement à *Elle est des nôtres*, mais jouée à l'envers. Olivia se laissa bercer par la musique ; elle se sentait à la fois impressionnée et perplexe.

★ 🦇 ★

Ivy était tellement contente et soulagée que sa sœur ait réussi tous les tests qu'elle eut presque le goût de se mettre à porter du rose ! Tout le monde s'agitait autour d'Olivia en la félicitant et faisant des blagues. Entre-temps, le père d'Ivy apparut avec un plateau d'argent chargé de flûtes en cristal remplies de A négatif d'un rouge intense. Il les distribua à ses invités jusqu'à ce qu'il n'en reste qu'une, décorée d'un petit parasol de cocktail à pois roses et blancs.

— Pour Olivia, dit-il en avançant le plateau, un jus de canneberge. Le petit parasol devrait nous empêcher de mélanger les verres.

Le cœur d'Ivy s'ouvrit comme un cercueil à l'aube.

«Il commence peut-être à accepter Olivia maintenant qu'elle est une vampire honoraire», se dit-elle.

Quelques minutes plus tard, Ivy aperçut son père assis, seul, dans un coin, à siroter son cocktail. Elle se dirigea d'un pas discret vers Olivia et la tira doucement par le bras en l'éloignant de monsieur et madame Daniels.

— Je pense que tu devrais aller parler à mon père, dit Ivy. Je crois qu'il commence enfin à te voir comme tu es vraiment.

Olivia s'approcha timidement de lui.

— Merci beaucoup pour la fête, monsieur Vega.

Ce dernier leva les yeux, surpris, comme si Olivia l'avait réveillé au beau milieu d'un rêve. Il se leva brusquement, faisant presque tomber le verre des mains d'Olivia et renversant, du même coup, un peu de son jus de canneberge sur le sol.

— Je suis vraiment désolé, lâcha-t-il. Je dois...

Il lança un regard désespéré vers Ivy, puis éloigna son regard immédiatement.

— Excuse-moi.

Et, sur ces mots, il s'empressa de quitter la pièce.

Olivia, déçue, haussa les épaules à l'intention d'Ivy avant de s'agenouiller pour essuyer le jus de canneberge avec sa serviette de table.

Ivy poussa un soupir. Son père était toujours incapable d'accepter Olivia, et il était probablement encore fâché contre elle parce qu'elle était entrée par effraction dans les bureaux de l'ASHH. Mais tout ça, ce n'était rien comparé à la façon dont il agissait.

«Pourquoi ne comprend-il pas que je mérite de découvrir la vérité sur mes vrais parents? se dit-elle. Pourquoi ne fait-il pas plus d'efforts pour accepter ma sœur de sang?»

Ivy se dirigea vers la cuisine pour voir si son père s'y trouvait. Il n'y était pas, mais elle remarqua qu'il avait mis un plateau rempli de minuscules hors-d'œuvre à la viande hachée à cuire. Elle ouvrit la porte du four pour y jeter un œil tandis que les parents de Brendan entraient dans la cuisine avec Bethany.

— Je vais être la fille la plus populaire de l'école primaire de Franklin Grove lorsque tout le monde saura que je vais à des fêtes avec Ivy et Olivia, les deux filles les plus cool de tous les temps! babilla Bethany. Ils voudront sûrement écrire un article à mon sujet dans *Vamp*!

Elle se rentra les joues comme si elle prenait une pose pour une séance de photos de mode.

Entre-temps, madame Daniels sortit une petite bouteille blanche de son sac à main.

— C'est l'heure de ta VitaVamp, ma chérie, dit-elle.

— Ouache! répondit Bethany.

— Je peux la mettre dans ton A négatif, lui dit sa mère en brisant la capsule en deux afin que la poudre noire tombe dans le verre, où elle pétilla brièvement avant de se dissoudre.

— Ça goûte plus mauvais que le brocoli! protesta Bethany.

— Tu ne veux pas grandir et devenir une vampire forte et en santé? dit Ivy.

— Non, répondit Bethany. Quand je serai grande, je veux être une meneuse de claque comme Olivia.

Tous se mirent à rire.

Monsieur Daniels se caressa le menton.

— Ivy, est-ce que je pourrais avoir un de ces parasols de cocktail ?

— Bien sûr, dit Ivy.

Elle en prit un dans la boîte sur le comptoir et le lui tendit.

— Celui-là est exactement comme celui d'Olivia ! couina Bethany. Est-ce que je peux en avoir un ? S'il te plaît ! Je peux en avoir un ?

— Tu peux si tu bois ton A négatif, répondit monsieur Daniels.

— D'accord ! convint Bethany.

Le père de Brendan déposa le parasol dans son verre, et madame Daniels le remit à Bethany, qui se mit à le siroter délicatement.

— Totalement délicieux ! déclara-t-elle avant de quitter la cuisine en sautillant.

Olivia était assise sur le divan de cuir noir du salon avec Brendan, et tous deux discutaient de l'étrange obsession qu'avait leur professeure de sciences humaines, made-moiselle Starling, à l'égard des guillotines, lorsque Bethany fit irruption en sautillant.

— Olivia, chérie, dit-elle comme une diva de la haute société, tu es absolument fabuleuse.

Olivia laissa échapper un petit rire.

— Bethany, dit madame Daniels en souriant, pourquoi tu ne parles pas à Olivia de la dernière mode à ton école ?

— Laisse-moi deviner, dit Olivia. S'habiller comme des jumelles opposées ?

— Mais non, chantonna Bethany. C'est *tellement* passé date !

Elle déposa délicatement son verre à côté de celui d'Olivia sur la table basse.

— La dernière mode est de s'habiller demi-gothique et demi-lapin ! dit Bethany en lui montrant ses mains l'une après l'autre, la première arborant du vernis à ongles et noir et la seconde du vernis rose.

Olivia hocha la tête, impressionnée. Puis, elle eut une idée.

— Tu pourrais même peindre un ongle sur deux — noir, rose, noir, rose, noir.

— Oh mon Dieu ! s'exclama Bethany. Tu es un génie ! Je vais faire ça dès que j'arrive à la maison !

— Ah, vraiment? dit madame Daniels d'un ton sceptique.

— S'il te plaît, maman, est-ce que je peux? supplia Bethany.

Olivia se rendit soudainement compte qu'elle n'avait pas vu sa sœur depuis un moment.

— Est-ce que quelqu'un a vu Ivy? demanda-t-elle.

— Dans la cuisine, répondit madame Daniels.

Olivia sauta sur l'occasion afin de prendre son verre de jus de canneberge et d'aller voir ce que faisait sa sœur. Elle sirota son breuvage en marchant; à vrai dire, ce n'était pas un très bon jus de canneberge. En fait, il goûtait un peu le brocoli trop cuit, mais elle avait tellement soif qu'elle en prit une gigantesque gorgée d'un seul coup afin ne pas avoir à y goûter trop longtemps.

Dans la cuisine, Ivy finissait de disposer des amuse-gueules sur un plateau noir de forme carrée.

— Hé! lui dit Olivia en souriant.

La pièce sembla soudainement chavirer; elle mit une main sur le comptoir pour se stabiliser.

— Est-ce que ça va? lui demanda Ivy.

— Je ne sais pas, répondit Olivia, mais on dirait que je vois double.

« Et on dirait que mes jambes sont faites de JELL-O », se dit-elle.

Les deux Ivy qu'elle voyait se précipitèrent vers elle et l'aidèrent à s'asseoir. Olivia cligna les yeux de toutes ses forces.

— Tu vois encore double ? lui demanda Ivy.

— Non, croassa Olivia. Maintenant, je vois triple.

Soudainement, trois Bethany apparurent sur le seuil de la porte. Chacune tenait le verre d'Olivia contenant son parasol rose à pois.

— C'est mon verre, dit Olivia en prenant conscience qu'elle avait encore plus soif.

— Olivia, dit lentement Ivy, tu tiens toujours ton verre.

— Ah non, dirent toutes les Bethany.

— Bethany, demanda Ivy d'un ton urgent, peux-tu aller chercher Sophia ?

— Mais…

— Tout de suite ! dit Ivy.

— Pas si fort, gémit Olivia en grimaçant.

Toutes ces voix lui donnaient mal à la tête.

— Olivia, dit Ivy, écoute-moi bien.

Olivia la voyait maintenant en quadruple.

— Ton verre a été échangé avec celui de Bethany.

— Tu veux dire que j'ai bu du sang? s'entendit-elle dire spontanément.

— Entre autres, lui répondit Ivy.

Tout d'un coup, une voix, qui était censée être la sienne, commença à débiter un flot de paroles qu'elle ne pouvait contrôler.

— Est-ce que des crocs me poussent? Est-ce que je suis une chauve-souris? Est-ce que je vais avoir mon propre cercueil?

Chaque question résonnait dans ses oreilles et on aurait dit qu'un tas de personnes, possédant toutes sa voix, parlaient en même temps dans sa tête. Puis, pour une quelconque raison, elles eurent toutes le fou rire.

⋆ 🦇 ⋆

D'après les connaissances d'Ivy en la matière, boire du A négatif n'avait pas vraiment d'effet précis sur les humains, à part les dégoûter bien sûr. Ce devait donc être la VitaVamp de Bethany qui affectait sa sœur comme si c'était la pleine lune.

Ivy remarqua que les Daniels avaient laissé la bouteille de vitamines sur le comptoir, et elle la saisit pour lire l'étiquette.

AVERTISSEMENT. Ce produit n'est pas conçu pour une utilisation humaine : les effets secondaires à prévoir dans un tel cas sont des étourdissements, de la nausée et des hallucinations pouvant s'étaler sur une période allant jusqu'à huit heures.

Ivy s'approcha et s'agenouilla à côté de sa sœur, qui avait arrêté de rire et qui chantait maintenant une chanson sur les lapins d'un air rêveur.

— Bonne nouvelle, Olivia, dit Ivy. Dans le pire des cas, tu auras des hallucinations pour le restant de la journée.

Olivia cessa de chanter et hocha la tête.

— Ta cuisine est scintillante, dit-elle joyeusement.

Puis, elle se leva d'un bond et commença à tourner sur elle-même comme une toupie, la tête penchée vers l'arrière.

— Est-ce que ça va ? demanda nerveusement Ivy.

— Je suis en super forme ! cria Olivia.

Elle brandit les bras dans les airs jusqu'à ce qu'elle trouve ceux d'Ivy.

— Retournons à la fête !

Ivy sursauta en comprenant que c'était sans doute la pire idée depuis l'invention des pieux en bois.

« Olivia ne peut pas retourner là-bas, se dit-elle. Si jamais la secrétaire des relations humaines de la Table ronde des vampires et l'agent principal de l'ASHH la voyaient comme ça et changeaient d'idée ? »

Il fallait absolument qu'elle amène Olivia au sous-sol et qu'elle la garde là jusqu'à ce qu'elle agisse de nouveau comme une humaine normale.

Ivy lança un regard désespéré vers la porte. Elle allait avoir besoin de l'aide de Sophia pour réussir à transporter sa sœur en bas.

— Olivia ? dit Ivy.

Olivia regarda tout autour d'elle.

— J'entends quelqu'un dire mon nom ! chuchota-t-elle, émerveillée.

— Olivia, répéta Ivy en la rasseyant sur la chaise, j'ai besoin que tu restes ici pendant un instant. D'accord ?

— Dac-o-dac ! chantonna Olivia en déposant ses mains sur ses genoux comme une enfant de maternelle.

Ivy fila vers le salon et se heurta contre Sophia de l'autre côté de la porte.

— Qu'as-tu dit à Bethany? demanda Sophia. Elle dit que tu as crié après elle.

Ivy secoua la tête.

— C'est Olivia, chuchota-t-elle. Elle a bu le breuvage de Bethany par accident. Il y avait du VitaVamp dedans!

Sophia s'écarquilla les yeux.

— Est-ce qu'elle a été malade?

— Pire, dit Ivy. Elle est temporairement devenue folle! Il faut que tu m'aides à la transporter dans ma chambre!

Elle traîna Sophia dans la cuisine et s'aperçut que la chaise d'Olivia était vide. Tout d'un coup, Ivy se sentit comme si on avait rempli son estomac de pierres.

— Olivia? cria-t-elle.

Aucune réponse. Elle prononça une petite prière et regarda dans le placard à balais, mais seul un balai s'y trouvait.

— Où est-elle? demanda Sophia.

— Je l'ai perdue, déclara Ivy, la gorge serrée.

Elle se précipita vers le vestibule, ne sachant pas trop où chercher; Sophia la suivait de près.

— Shhh! fit soudainement Sophia. J'entends quelque chose.

Ivy se figea et écouta attentivement. Elle entendit, en provenance de l'étage supérieur, la faible voix de sa sœur qui chantait. Elle bondit dans les marches, Sophia à ses trousses. Olivia se pavanait dans le corridor du deuxième étage, les mains au-dessus de la tête.

— Olivia! appela Ivy en chuchotant.

— Je suis un lapin! chuchota Olivia avant de se retourner en remuant les fesses. Hop! Hop! Hop! dit-elle en sautillant et en s'éloignant.

— Olivia! appela Ivy de nouveau en courant à sa suite.

Ivy et Sophia l'avaient presque rattrapée lorsqu'elle s'arrêta brusquement devant la porte ouverte du bureau du père d'Ivy, fascinée par quelque chose qui se trouvait à l'intérieur. Ivy bondit vers elle, mais Olivia sauta à la dernière seconde et Ivy se ramassa à plat ventre sur le sol.

— AÏÏÏE! grimaça Ivy.

Elle se mit à genoux et lança un regard à l'intérieur de la pièce.

Son père était debout derrière son bureau, les mains déposées sur sa surface, le dos raide. Il avait presque le teint rose. Ivy se leva rapidement.

— Ivy, dit son père d'une voix trem-blante de colère, ce n'est pas le bon endroit pour laisser tes invités faire les fous !

— Olivia n'est pas une invitée, rétor-qua Ivy. Elle est ma sœur.

« Pourquoi est-il si difficile pour toi de l'accepter ? » avait-elle envie de lui crier.

Elle n'en fit toutefois rien, sachant qu'il était sans doute préférable d'amener Olivia en bas avant que son père ne se rende compte de son état. Elle s'approcha d'Olivia d'un pas ferme et la prit doucement par le bras.

— Viens avec moi.

— Mais ma bague est là-bas, mar-monna Olivia en hochant la tête vers le bureau.

Ivy jeta un coup d'œil à la main de sa sœur et fut soulagée de voir que la bague en émeraude était toujours à son doigt.

— Elle est juste ici, dit-elle doucement.

Sophia se mit de l'autre côté d'Olivia et, ensemble, elles la dirigèrent lentement vers le corridor. Ivy ne regarda même pas son père lorsqu'elles passèrent devant lui.

Elles descendirent enfin l'escalier prin-cipal, et Ivy vit monsieur Daniels mon-ter les marches à toute allure dans leur direction. Pendant un instant, elle songea à prendre la fuite, mais elle lança plutôt un regard résigné à Sophia par-dessus l'épaule de sa sœur.

— Bethany m'a raconté ce qui s'est passé, dit monsieur Daniels en tendant le bras vers le visage d'Olivia afin de lever l'une de ses paupières avec son pouce.

— Vous avez les mêmes cheveux qu'Einstein, dit Olivia avec un petit rire.

— Amenons-la dans la cuisine, recommanda monsieur Daniels d'un ton professionnel. Ivy, si tu m'aides à trouver les bons ingrédients, nous devrions être capables de créer un antidote.

« Pourquoi mon père ne pourrait-il pas être comme celui de Brendan ? » songea Ivy avec gratitude.

Olivia dit au revoir aux derniers invités dans l'antichambre d'Ivy. Exception faite de la demi-heure au cours de laquelle elle avait apparemment été totalement gênante, ça avait été une fête super. Valencia Deborg sortit solennellement une toute petite épingle en forme de « V » de l'une de ses manches et la fixa au coton ouaté d'Olivia avant de partir majestueusement. Monsieur Boros lui serra fièrement la main. Quant aux Daniels, Olivia avait désormais l'impression qu'elle les connaissait depuis toujours; madame Daniels lui avait dit qu'elle espérait qu'elle voudrait bien être la gardienne de Bethany, et elle lui avait aussi promis de s'occuper des hamburgers végétariens à l'avenir.

Pourtant, quelque chose lui trottait toujours dans la tête. C'était comme si elle avait oublié de dire quelque chose d'important depuis qu'elle avait repris ses esprits, mais elle n'arrivait pas à se souvenir de ce que c'était.

Sophia s'approcha et lui fit un câlin.

— Tu me rappelleras d'apporter du VitaVamp à ta prochaine fête, taquina-t-elle. Comme ça, tu pourras nous refaire un spectacle!

— Merci, dit Olivia, gênée.

Peu de temps après, il ne restait qu'Olivia, Ivy et son père, qui se tenait à côté de l'escalier. Olivia jeta un coup d'œil à sa montre; ses parents s'attendaient à ce qu'elle soit de retour à la maison dans 20 minutes.

— Bon, je ferais mieux d'y aller moi aussi, dit-elle à sa sœur.

Ivy fit signe que oui, et Olivia se retourna vers l'escalier.

— Merci pour tout, monsieur Vega.

— De rien, Olivia, dit-il sans expression.

Olivia capta son regard pendant une fraction de seconde et, tout d'un coup, elle se souvint de ce qu'elle avait vu alors qu'elle était sous l'effet du breuvage de Bethany.

Il se retourna pour monter les escaliers et, aussitôt qu'il fut hors de vue, Olivia attira sa sœur vers elle.

— Ton père regardait une boîte en bois dans son bureau.

Ivy haussa les épaules.

— Mon père a beaucoup de boîtes en bois.

— Mais celle-là portait notre symbole, dit Olivia en levant une main dans les airs pour montrer sa bague à Ivy.

— Olivia, dit Ivy en levant les yeux au ciel, tu as imaginé des choses. Tu n'étais pas dans ton état normal.

— Je l'ai vu, Ivy, dit fermement Olivia. Je sais que je l'ai vu. Quand je suis passée vis-à-vis son bureau, il était assis avec cette boîte ouverte devant lui. Il lisait quelque chose. Et j'ai vu — je m'en souviens clairement — que notre symbole était sculpté sur le couvercle de la boîte !

Ivy se mordilla la lèvre.

— Mais pourquoi mon père aurait-il une boîte avec notre symbole dessus ?

Olivia secoua la tête après un moment.

— Je ne sais pas, avoua-t-elle.

Ivy poussa un soupir.

— C'est vrai qu'il a eu l'air déboussolé quand il s'est rendu compte de notre présence, se rappela-t-elle.

— Il se passe quelque chose d'étrange, décida Olivia, et elle put voir, d'après l'expression sur le visage de sa sœur, qu'elle n'aurait pas besoin de la convaincre. Nous devons trouver cette boîte, Ivy.

— Eh bien, nous ne pouvons rien faire avec mon père dans les parages, dit Ivy d'un air pensif. Mais il doit sortir demain matin. Est-ce que tu pourrais revenir très tôt ?

Olivia fit signe que oui. Elle serra sa sœur très fort dans ses bras avant de retourner chez elle.

La longue entrée d'Ivy descendait vers la rue comme un point d'interrogation géant, et Olivia ne put s'empêcher de penser que le lendemain, quand elle remonterait cette allée, elle trouverait finalement les réponses à toutes ses questions.

CHAPITRE 12

Olivia se rendit à pas de loup jusque chez sa sœur tôt dimanche matin ; les ombres créées par les branches des saules semblaient se tendre vers elle de façon angoissante. Bien que la voiture de monsieur Vega ait déjà quitté son emplacement habituel, elle hésita un moment à côté de la galerie. D'une certaine façon, il ne lui semblait pas décent de se présenter en plein jour et de sonner à la porte tout en sachant qu'Ivy et elle allaient fouiner à l'intérieur. Elle décida donc de passer par-derrière.

Elle s'agenouilla à côté de la fenêtre de la chambre de sa sœur et vit qu'Ivy allait et venait nerveusement dans la pièce. Olivia cogna contre la vitre et Ivy sursauta, visiblement surprise. Puis, elle monta les escaliers à toute allure et ouvrit la fenêtre.

Olivia se hissa à l'intérieur et atterrit sur le palier menant au sous-sol.

— Tu as failli me faire mourir de peur ! s'exclama Ivy.

— Je croyais que les vampires étaient déjà morts, taquina Olivia.

— Ha ! Ha ! Très drôle, répliqua Ivy.

Quelques instants plus tard, Olivia suivait sa sœur en direction du bureau de son père. Ivy commença immédiatement à fouiller dans l'énorme bureau en acajou tandis qu'Olivia se chargeait de ratisser une étagère remplie de petits tiroirs située dans le coin de la pièce. Elle se sentait un peu mal à l'aise de fouiller de la sorte dans les affaires de monsieur Vega, mais elle était convaincue d'avoir vu le symbole des Lazar hier, et elle devait absolument savoir pourquoi il avait quelque chose portant ce symbole en sa possession.

Le premier tiroir était plein de morceaux de tissus gris tandis que le deuxième ne contenait que des petites plaques de métal, mais aucune d'elles ne portait le symbole des Lazar. Le troisième tiroir, pour sa part, était rempli de minuscules gargouilles.

Une demi-heure plus tard, les deux sœurs n'avaient toujours pas trouvé la fameuse boîte en bois, et Olivia commençait à perdre espoir. Il y avait d'innombrables urnes, vases, bustes, tiroirs, boîtes et piédestaux ; la boîte pouvait se trouver *n'importe où*.

Ivy commença à faire le tour de la pièce comme une panthère en cage. Soudainement, elle s'arrêta et se frappa le front avec la paume de la main.

— Je suis trop perdue ! s'exclama-t-elle.

Puis, elle se dirigea vers le devant du bureau, là où un tas de dossiers se trouvaient contenus entre deux serre-livres en forme de gargouilles. Elle tourna la tête du premier vers la droite et, de l'autre côté de la pièce, deux bibliothèques s'enfoncèrent dans le mur et glissèrent pour révéler un passage secret.

— Cool ! dit Olivia en suivant Ivy dans l'ombre avec empressement.

Elles descendirent le long d'un étroit escalier en spirale.

— Où sommes-nous ? chuchota-t-elle.

— Entre la cuisine et le salon, expliqua Ivy. Ce passage est la seule entrée qui mène à cette pièce.

Les marches donnaient sur une minuscule pièce circulaire. Il y avait une multitude de rangées de cavités peu profondes en forme de pierres tombales sculptées dans chacun des murs. Elles ne contenaient toutefois pas d'os, mais plutôt des livres et des parchemins.

— La collection spéciale de mon père, annonça Ivy.

Olivia s'approcha et regarda dans l'une des cavités du mur. Elle était scellée par une vitre et une tablette de marbre se trouvait à l'intérieur; on aurait dit que de mystérieux hiéroglyphes y étaient gravés. À ses côtés se trouvait un vieux parchemin étiré qui semblait contenir une espèce de plan.

— C'est quoi tout ça? chuchota-t-elle.

— Les anciens manuels de décoration de mon père, répondit Ivy par-dessus son épaule.

Ivy commença à feuilleter des livres rangés dans une cavité de l'autre côté de la pièce tandis qu'Olivia se dirigeait vers un recoin en pierre. Elle retira un gros livre noir au dos craqué et découvrit qu'il s'agissait d'un album de photos.

Olivia en resta bouche bée ; il y avait une photo d'elle, enfant, portant un chapeau de sorcière et tenant un balai !

« Je ne me souviens pas d'avoir déjà porté ça à l'Halloween », songea-t-elle.

Puis, elle comprit qu'elle regardait évidemment des photos d'Ivy, et elle commença à rire.

— Tu te souviens que j'avais dit que la prochaine fois nous regarderions des photos de *toi* en train de baver et de porter des vêtements ridicules ? rappela-t-elle à sa sœur en feuilletant fébrilement l'album. Eh bien, ce temps est arrivé !

Ivy grimaça.

— Tu n'es pas censée chercher notre boîte ?

Olivia allait remettre l'album à sa place lorsque quelque chose à l'arrière de l'étagère attira son attention. On aurait dit qu'il y avait autre chose en arrière ; une chose brune. Elle retira un autre album et glissa sa main dans l'espace libre avec curiosité.

Le cœur d'Olivia se mit à battre plus vite lorsqu'elle sentit un rebord en bois. Elle retira lentement et prudemment la boîte cachée et, sans même qu'elle n'ait besoin de prononcer une seule parole, Ivy apparut à ses côtés. Toutes deux regardèrent le symbole doré qui se trouvait sur le couvercle — c'était le même symbole que celui qui était gravé sur leurs bagues.

« C'est la boîte que j'ai vue hier », songea Olivia tandis que son cœur battait à tout rompre.

Elle entendit Ivy inspirer bruyamment.

Olivia souleva le couvercle et elles regardèrent fixement la pile de papiers jaunis qui se trouvait à l'intérieur. Ivy sortit la première feuille en la tenant délicatement par les côtés, comme si elle avait peur qu'elle se désintègre, et la retourna.

— *Mon amour*, commença à lire Ivy, mais elle s'arrêta.

Olivia suivit le regard de sa sœur jusqu'au bas de la page. La lettre était signée *À toi pour toujours, Susannah*.

— Mais pourquoi est-ce que mon père aurait une lettre de notre mère biologique ? se demanda Ivy à voix haute.

Olivia feuilleta rapidement les pages et vit qu'elles étaient toutes signées par Susannah. Sous la pile se trouvait une plus petite feuille de papier glacé aux rebords dentelés sur laquelle était écrit, avec une calligraphie soignée, *Susannah et moi, le jour de notre mariage.*

Lentement, prudemment, Olivia ramassa la petite feuille et la retourna. Elle n'en croyait pas ses yeux; c'était une photo de ses parents.

Susannah portait une longue robe de mariée en dentelle blanche avec une élégante encolure dégagée, et son visage était illuminé d'un sourire taquin qui lui rappelait celui d'Ivy. La photo avait sûrement été prise il y avait longtemps, car toutes les couleurs avaient pâli. À côté d'elle, la tenant par la main, le marié, grand et aux épaules larges, portait un smoking et un petit nœud papillon noirs. Il avait une énorme moustache noire, de longs cheveux, et il souriait à pleines dents.

— C'est notre père, chuchota Olivia.

— Fais-moi voir! dit Ivy.

Elle prit la photo et la leva dans la faible lumière. Elle cligna des yeux, et Olivia vit l'expression sur le visage de sa sœur changer du tout au tout.

— C'est mon père, chuchota Ivy.

Olivia hocha automatiquement la tête.

« Oui, notre père biologique », songea-t-elle.

Puis, tout d'un coup, elle comprit ce que sa sœur avait voulu dire. Elle reprit brusquement la photo.

Derrière les cheveux mal coiffés et l'étrange moustache, le marié souriant sur la photo n'était nul autre que Charles Vega.

★ 🦇 ★

Ivy se sentit comme si sa tête était une grotte soudainement bondée de chauves-souris.

— Mon père ne m'a pas adoptée, s'entendit-elle dire. Il est mon *vrai père*.

— Et *mon* vrai père, répéta Olivia d'une voix lointaine.

Toutes deux restèrent plantées là, complètement abasourdies et silencieuses, pendant un long moment.

« C'est pour ça qu'il n'y avait aucun dossier d'adoption pour moi à l'agence », comprit Ivy.

Elle s'était toujours demandé comment était son père biologique, et elle saisit maintenant qu'elle avait eu la réponse à sa question depuis le tout début. Elle sentit son cœur se gonfler, et une vague de bonheur l'envahit.

— *Mon* père est *notre* père, dit-elle.

Olivia avait les larmes aux yeux. Elles s'échangèrent la photo de mariage en alternance.

— Je n'arrive pas à croire qu'il a déjà eu une moustache comme ça, s'émerveilla Ivy.

— Il était en cavale, dit Olivia en faisant semblant d'être offensée. Hé! regarde, continua-t-elle en indiquant les mains entrelacées du couple heureux, ils portent des bagues identiques aux nôtres!

Ivy resta bouche bée.

— Elles ne sont pas *identiques* aux nôtres, réalisa-t-elle. Ce *sont* les nôtres. Nous portons les alliances de nos parents!

Elle toucha la bague qui pendait autour de son cou et, pour la première fois, elle comprit pourquoi sa bague était trop grande pour elle tandis que celle d'Olivia lui allait parfaitement. Ivy avait l'alliance de leur père, et Olivia avait celle de leur mère.

— Bien sûr!

Olivia soupira comme si elles auraient dû le savoir depuis toujours.

«Ça doit être tellement difficile pour mon père de me voir la porter tous les jours», pensa Ivy avec tendresse.

Elle se souvint que son père était devenu très silencieux et distrait pendant quelques jours après lui avoir donné la bague lors de son dixième anniversaire.

— Alors, pourquoi n'a-t-il pas tout simplement avoué qu'il était mon père? demanda Olivia avec une expression perplexe. Et pourquoi t'a-t-il toujours dit que tu avais été adoptée?

— Mon père a toujours dit qu'il n'aimait pas regarder vers le passé, dit Ivy.

Elle regarda encore une fois la photo de leurs parents et s'émerveilla devant le bonheur qu'ils dégageaient.

— C'est peut-être trop difficile pour lui. Nous lui rappelons notre mère.

Elle sourit à Olivia.

— Surtout toi. Tu es une humaine, tout comme elle.

Olivia ne pouvait s'empêcher de regarder la photo de mariage de leurs parents.

«Mon père était ici dès le tout début», se dit-elle.

Elle avait l'impression qu'un morceau manquant avait été recollé à son cœur, un morceau qu'elle n'avait jamais eu conscience d'avoir perdu. Elle se souvint de la première fois où elle avait rencontré monsieur Vega, alors qu'elle se faisait passer pour Ivy, et qu'ils avaient décoré ensemble la salle du haut pour le bal de la Toussaint, et à quel point il lui avait semblé élégant et cool. Puis, elle songea à la façon dont il avait offert de se porter garant d'elle lors de son initiation et à quel point il avait eu l'air fier lorsqu'elle avait réussi les épreuves, et cela lui fit chaud au cœur.

— Il va arriver bientôt, lui dit Ivy, interrompant doucement ses pensées. Nous ferions mieux de remonter.

Ensemble, elles remirent la photo et les lettres dans la boîte et la replacèrent dans sa cachette. Cette fois-ci, c'est Olivia qui monta en premier dans le sombre escalier en spirale. Elle n'avait pas peur, et elle n'était pas du tout désorientée. Elle se sentait inexplicablement chez elle maintenant.

— Ivy, commença Olivia en hésitant alors qu'elles étaient revenues dans le bureau, est-ce que ça te dérangerait qu'on ne parle pas de notre découverte à ton père — je veux dire à *notre* père — tout de suite ?

Ivy secoua la tête.

— Non, ça va, répondit-elle en serrant la main de sa sœur. J'ai besoin de temps pour tout assimiler moi-même.

Quelques minutes plus tard, Olivia était couchée, songeuse, sur le plancher du salon lorsqu'Ivy, assise sur le divan, poussa un long soupir triste.

— Qu'est-ce qu'il y a? demanda Olivia en regardant fixement le plafond gris clair.

— Je viens de me souvenir que nous sommes censés déménager en Europe dans un peu plus d'une semaine, répondit Ivy.

Olivia l'avait oublié aussi, et, l'espace d'un instant, elle se sentit comme si elle venait de recevoir un coup de poing dans l'estomac.

«C'est déjà assez moche qu'Ivy quitte le pays, se dit-elle. Mais maintenant, je sais que je vais aussi perdre mon père biologique!»

Elle prit une grande inspiration et se redressa.

— Ça veut dire, dit-elle calmement, qu'il s'agit du temps dont nous disposons pour faire changer d'idée à notre père!

Une expression de détermination se dessina lentement sur le visage d'Ivy.

— Tu as raison. Nous devons trouver un moyen de lui faire changer d'avis.

À ce moment, Olivia entendit le son d'une voiture tout près. Les deux sœurs se levèrent et se firent un sourire.

— Notre père est arrivé, dit songeusement Olivia.

Les mots « notre père » lui semblaient encore étranges.

Ivy hocha la tête et, ensemble, elles se dirigèrent vers la porte pour l'accueillir.

Ne manquez pas la prochaine aventure
d'Ivy et d'Olivia dans

Ma sœur est une
vampire
tome 4 : Vampilarant !

Ivy et sa meilleure amie, Sophia, marchaient à la hâte vers l'école à travers le plus vieux cimetière de Franklin Grove en ce lundi matin. Le chemin de gazon, raidi par le givre, craquait sous leurs lourdes bottes, et Ivy cacha ses mains dans les poches de son long manteau noir en duvet afin de les garder au chaud.

« Ce vieux cimetière va me manquer quand je serai en Europe », songea-t-elle.

Même s'il faisait encore un peu noir, elle pouvait apercevoir, au loin, la basse silhouette de la crypte familiale de son petit ami, où ses amies et elles avaient passé tant de temps à flâner. En dehors du portail du cimetière, les lumières des maisons à proximité scintillaient.

— C'était une fête tellement mortelle! s'exclama Sophia, interrompant ainsi les pensées d'Ivy.

On aurait dit que cela faisait une éternité, mais pourtant, samedi dernier, la jumelle d'Ivy, Olivia, avait été initiée à la communauté des vampires, et ils avaient organisé une petite fête pour célébrer l'événement.

— Tu dois être vraiment excitée, continua Sophia, que ce ne soit plus un secret qu'Olivia soit au courant de l'existence des vampires. C'est partout sur le Vorld Vide Veb!

Ivy enfouit sa bouche dans son foulard noir en tricot et expira, réchauffant ainsi son cou.

«Ce n'est pas la seule chose qui n'est plus un secret», songea-t-elle.

— Sophia, dit-elle à voix haute, je dois te dire quelque chose.

En ouvrant les énormes portes en chêne de l'école secondaire Franklin Grove, Olivia fut submergée par un souffle d'air chaud provenant de l'intérieur. Elle scruta les environs, enleva son chapeau et le fit balancer en le tenant par l'un des pompons roses qui pendaient de ses protège-oreilles. Elle sautilla sur place pour essayer de se réchauffer. Olivia avait porté son uniforme de meneuse de claque pour une assemblée d'école et, malgré ses collants, elle se sentait comme une sandwich à la crème glacée.

« Où es-tu, Camilla ? se dit Olivia en sautillant d'un pied à l'autre tout en cherchant son amie des yeux. J'ai une nouvelle énorme ! »

La porte d'entrée s'ouvrit, et Olivia y jeta un regard impatient. Malheureusement, ce n'était que Charlotte Brown, la capitaine prétentieuse de l'équipe de meneuses de claques d'Olivia. Elle portait de moelleux cache-oreilles blancs.

— Bonjour, Charlotte, dit Olivia, incapable de dissimuler la déception dans sa voix.

Charlotte laissa la porte se refermer derrière elle, mais ses copines, Katie et Allison, entrèrent rapidement à sa suite. Elles portaient aussi des cache-oreilles.

— Ah, Olivia, j'ai tellement froid ! gémit Charlotte.

— Nous aussi nous avons froid ! dirent Katie et Allison, qui avaient le don de toujours penser la même chose que Charlotte.

— Alors, vous feriez mieux d'entrer tout de suite vous réchauffer! leur dit Olivia en fixant un sourire sur son visage.

Elles poursuivirent leur chemin en sautillant sans prononcer un mot de plus.

Les élèves arrivaient au compte-gouttes et, chaque fois que la porte s'ouvrait, le cœur d'Olivia faisait un bond. Finalement, elle aperçut les boucles blondes de Camilla.

— Camilla! appela Olivia.

— Hé! répondit Camilla en souriant. Je suis désolée d'être un peu en retard; tu avais l'air si excitée au téléphone hier soir! Qu'est-ce qui se passe?

Olivia sourit largement.

— Oh rien, j'avais seulement hâte de t'annoncer la plus grande nouvelle de toute ma vie!

Camilla lui jeta un regard sceptique.

— Plus grande encore que lorsque tu as découvert que tu avais une sœur jumelle?

Olivia se retroussa le nez. Camilla avait raison; Ivy et elle n'avaient jamais su qu'elles avaient une jumelle avant de se rencontrer à Franklin Grove il y avait de cela quelques mois. À bien y penser, toute cette histoire de «ma sœur est une vampire» était une grande nouvelle aussi, mais évidemment, Camilla n'en savait rien. Olivia était l'un des seuls êtres humains sur la planète à le savoir.

— Aussi grande que ça, décida Olivia en attirant Camilla derrière les énormes fougères en pot situées dans un coin du corridor.

Olivia prit une grande respiration.

— Tu ne peux le dire à personne, dit-elle. Promis ?

— Promis, répondit solennellement Camilla. Alors, tu vas me le dire ?

* 🦇 *

— Je *suis* en train de te le dire, protesta Ivy.

— Non, dit Sophia. Tu ne fais qu'*essayer* de me le dire. En fait, jusqu'à maintenant, tu n'as fait que soupirer à répétition.

Ivy soupira de plus belle, créant un petit nuage dans l'air froid du matin.

— J'ai encore de la difficulté à le croire, murmura-t-elle en guise d'explication.

— Ivy, lui dit Sophia d'un ton sévère, je suis en train de me geler les crocs.

— Tu n'as pas de crocs, répliqua Ivy en regardant aux alentours du cimetière pour s'assurer que personne n'était à proximité. Tu les limes comme nous tous.

— C'est une expression, dit Sophia en élevant la voix avec frustration. Maintenant, dis-moi quelle est ta grosse révélation !

— J'ai trouvé… dit Ivy en déglutissant. Olivia et moi avons découvert…

Sophia la fixa avec impatience.

— …qui est notre vrai père, lâcha enfin Ivy.